鸟儿和它们的巢

〔英〕玛丽·霍伊特 著

刘佳璃 译

涵芬楼文化 出品

-中译本序言-

一百多年前,英国女诗人玛丽·霍伊特给我们留下了一本抚摸自然的书——《鸟儿和它们的巢》。今天我们读起这本书来,仍然会感到清新而有趣。作者和她的朋友们,在素常生活中有意无意观察到了22种鸟类的生活,以及这些鸟儿围绕着筑巢、产卵、育雏等生命过程中的各种故事。今天的我们能够像看小说一样,间接地感受到观察者们的快乐。书中的故事,并不是科学家们的研究课题,而是观鸟者们对身边鸟类的观察与解读,有些甚至于是和鸟儿的"互动"。普普通通的鸟,真实的情节,让我们看到了这些身边的朋友,虽然它们和我们保留着一些空间距离,但永

鸟儿和它们的巢

远会出现在我们的生活之中。

  我们知道，只有关注和了解了自然、懂得其中的奥秘，才会尊重自然、爱惜环境。作者把观鸟者的观察与发现集成了这本书，不仅让我们从中学习到丰富的鸟类知识，还让我们欣赏到鸟类世界的灵动与美丽。

  我们可以从书中看到，百年前就有许多如此热爱鸟类的观鸟者。他们具有很好的观念和意识，在尽量不打扰鸟的情况下观察欣赏鸟类的生活，把许多鸟的行为举止和人类联系起来，赞美它们、惦记它们、帮助它们。他们把身边的鸟类视为邻居和朋友，关注鸟类日常的起居、饮食、筑巢、育雏。这些都是我们今天应该学习和传承的。

  鸟巢是鸟类繁衍的中心舞台。在繁殖期，鸟巢的主人围绕着巢表演它们的精彩节目，叙述着它们家族生命延续的故事。需要注意的是，作为观察和欣赏它们的观鸟者，不应该为满足好奇心去干扰鸟类的繁殖

中译本序言

活动。要知道，鸟类围绕着巢的各种活动，是最为精彩但也最具危险的活动。精彩之处是它们表现出的经过漫长演化而形成的复杂行为，危险之处是由于频繁出没于以巢为中心的地方，容易被天敌追踪和袭击。作为尊重和热爱鸟类的朋友，要远离繁殖期的鸟巢，尤其不能触动鸟巢周围的一草一木。若要观察，最好借助望远镜远远地观察。在这里，我们想告诉大家，和野生鸟类相处，重要的是要掌握科学的方法，建立生态文明的理念，缺一不可。

我们也看到了书中记录着一些干扰鸟类的举动，比如淘气的孩子掏鸟窝、好奇的观鸟者把夜莺的幼鸟迁移到人们希望它们出现的陌生地区（来年夜莺就无影无踪了）；还有一些段落描写了关于驯养野生鸟类的行为，等等。我们用历史发展的眼光来审视百年前的事情，就不难理解了。

人与自然的关系不断变化与发展，反映出人类生态文明的变化与提升。小小的鸟类也是一个多彩的世界，它们给我们带来欢乐。时至今日，人们对待鸟类的方式和态度也不尽相同。我们期望更多的读者，从书中感受到文明的观鸟人对野生鸟类最为纯真的热爱之情。更希望众多的观鸟者成为关注、保护鸟类的真正朋友。

赵欣如

目 录

1   中译本序言

1   序

11   第一章　鹪　鹩

21   第二章　红额金翅雀

29   第三章　欧歌鸫

39   第四章　乌　鸫

49   第五章　河　乌

55   第六章　夜　莺

鸟儿和它们的巢

65	第七章 云　雀
75	第八章 朱顶雀
83	第九章 凤头麦鸡
91	第十章 毛脚燕
105	第十一章 叽喳柳莺
111	第十二章 戴　菊
119	第十三章 鹡　鸰
129	第十四章 寒　鸦
137	第十五章 斑　鶲
145	第十六章 斑尾林鸽
155	第十七章 白喉林莺
163	第十八章 红腹灰雀
171	第十九章 槲　鸫
179	第二十章 黄　鹂
187	第二十一章 喜　鹊
195	第二十二章 普通鸸

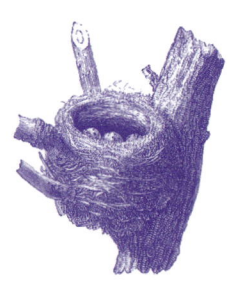

-序-

正如我们想象的那样,本书插图中的鸟都有巢。不过,有些鸟没有巢,它们不需要一个小小的家和柔软的棉被来抚养自己的后代,因此雏鸟们也没有舒适的床来安歇,也没有一个幸福的栖身之所。

鸟儿和它们的巢

尽管我们很容易在灌丛中找到鸟巢，但我们不得不承认它们真的很棒。鸟巢的样子十分相似，因为鸟类筑巢的目的基本相同，但是却没有任何两个巢一模一样。比如鹡鸰的巢具有它们的特点，而鸫的巢又有其他的特点，燕子、麻雀和乌鸦也是同样道理。它们筑巢时从不互相模仿，只追随自己的心意。是上帝这个伟大的创造者和艺术家，赋予了它们最初的创造力。在天堂的花园中，第一只夜莺唱响了愉悦与感恩的赞美诗，而它的巢跟我们去年在小灌丛里听到的那只鸟也差不多呢。筑巢的材料随处可见，而鸟儿们却懂得如何利用它们。在筑巢过程中最奇妙的地方就在于鸟儿们不需要任何工具：不要一针一线，也不用锤子、剪刀，甚至一颗钉子都没有！它们只用自己的小爪子和鸟喙，再用它们圆鼓鼓的胸部来塑形就可以了。一般来讲"鸟妈妈"是主要的建造师。

一旦雌鸟准备产卵，就正是需要鸟巢的时候，它沉睡的建造天赋就会被唤醒。它能够选择最适合自己

序

的地方来筑巢：不论是树枝的夹角，堤岸、墙上合适的坑洞，打结的芦苇，还是树顶小树枝形成的平台。它的选择永远跟它的族群一样，这不是它的发明，而是它的天性。

筑巢开始了：干草或树叶、小树枝或植物根部的纤维、毛发或鸟类的绒羽、羽毛或者会飞的种子，外面再装饰上闪亮的地衣，或者是在外面绣上绿绿的苔藓。与美观相比，这样做的更重要的目的是为安全考虑，让鸟巢与周围的树干或者堤岸融为一体，但是它们真的很美！又或许它的巢像燕子一样，是黏土建造的；或是用木板条和石膏筑成的，像一座古老的乡村小屋，就像喜鹊的巢一样时髦；或是简陋的木棍建成的平台，就像林鸽的巢，树杈中一个小篮子状雏形。它或许是啄木鸟一般的木匠，像沙燕一样的管道工，又或许它可以把巢材揉捏、粘黏，最后造得像厚厚的毛毯。所有的一切，它都是上帝造出的最原始的模样：具有顶尖的技术，而且年复一年也不会有失水准。这非常好,这使我们坚信大卫在上帝的房间里见到的麻雀巢,跟我们日常所见的麻雀巢几乎一模一样。主指着那只鸟,向人类证明上帝永远保佑着他们。

但是,在这种不会改变而且也不能改变的工作模式下,每一种鸟都会对现有材料进行选择,或做出适应。也就是说,鸟儿会根据条件来选择最符合自己的目的材料,最后达成恰如其分的效果。法国作家儒勒·米什莱和我们一样喜欢鸟类,他曾经写过这样的主题:正在筑巢的鸟。他这样写道:"要想造出漂亮的杯子形或摇篮状的巢,需要按压、揉搓,再用自己的胸部来塑形。"正如我刚刚告诉你们的那样,鸟妈妈筑巢,而鸟爸爸是它的"饲养员"。鸟爸爸取来各种材料:草、苔藓、根或细枝,其间一会儿唱一支歌。而鸟妈妈用爱把一切安排好:首先,脆弱的蛋要妥善安置在柔软的床上;其次,刚出壳赤裸着的雏鸟不仅要放在柔软舒适的摇篮中,还需要鸟妈妈的体温来维持生存。比方说朱顶雀,雄鸟给雌鸟拾来马毛,

序

虽然它们很硬、不易弯曲,但是很适合放在巢的下层,垫成一个小褥子;雄鸟拾来的大麻纤维,虽然不保温但也可以垫在小褥子里。然后是上层和衬里,这些只需要某些植物柔软的丝状纤维、羊毛或棉花,而更好的是雌鸟自己胸部的绒羽,那是最令它满意的材料。他还写到一个有意思的现象,当你在观察雄鸟熟练而偷偷摸摸地搜寻巢材的时候,如果它发现你在看它,会担心你通过它的踪迹发现它的巢。因此为了误导你,它会往巢的反方向飞去。你可以看见它为了得到一小簇羊毛而追随一只绵羊;或者为了寻找掉落的羽毛而落在家禽养殖场中;如果农妇正好离开她的纺车,即便是纺车还在旋转的时候,它也会从纺纱杆上偷走一点儿亚麻。它知道什么事是正确的,不论在哪个地区,它都能为了达成目的而做出决断,而筑好的巢跟全世界的朱顶雀都一样。

他还告诉我们,还有一些鸟类不筑巢,而是在地面抚育后代,那是地球提供给它们的摇篮。而在筑巢的鸟类中,最奇怪的要数火烈鸟了,它在一个自己筑起的泥堆中产卵,巢离开水面。而且它几乎每时每刻都站得很直,在它们长长的腿下面孵卵。这种方式非常奇怪,而且并不舒适,但是如果它们能够达到自己的目的也无可非议。他认为用树洞做巢的鸟类中,鸫是最出色的,而其他作者都认为应该是啄木鸟。海鸟编织的巢虽然不算精良,但是能够高效地达到目的。它们穿着天然的油乎乎不透水的外衣,基本不用在意天气,因此他们有充足的时间捕鱼,喂养自己和雏鸟——要知道所有海边的类群食欲都很旺盛。

鹭和鹳建造篮子形的巢,松鸦和嘲鸫也是这样,只是筑得更精致,因为它们都有一个大家庭,所以必须这么做。它们先建造一个简陋的平台,然后在上面建造一个设计得多少有些优雅的篮子形的巢,网状的根和干枝紧密交织在一起。金丝雀把它手提袋一般的巢悬挂在一个大树枝上,就像儿歌里唱的那样:"当风儿吹起,摇篮轻轻地摇。"一种澳大利亚的姬鹟被

序

称作"切割机",因为它的叫声就像是切割机运转时发出的声音。它将巢筑在最细的树枝上,悬挂在水面之上,这样做是为了防止蛇爬上去。它为了达到这个目的,选择尽量纤细的小树枝,因为这样的树枝不能承受蛇的体重,就完美地避开了天敌。同样,这大概也是热带地区鸟巢多是用纤维或绳索悬挂在纤细树枝上的原因吧,因为这些地区鸟类的天敌,比如猴子或是蛇比较多。

金丝雀、金翅雀和叽喳柳莺都是编织能手。叽喳柳莺不辞辛劳地把巢的外侧装饰上大量斑斑点点的白色地衣,这样就能把巢伪装成周围树枝的样子,可以躲过大多数眼睛的侦察。粘接和编织是鸟类筑巢中非常重要的部分,比如说蜂鸟就用树胶来巩固自己的小巢。还有些鸟不仅用喙还用到爪:先编织一条绳索,然后用爪将绳索固定成网状,最后用喙把它们插进编织物中,就像织工投掷梭子一样。它们是真正的织工,总之,它们的技能从不辜负它们。事实上,造物

鸟儿和它们的巢

主从不给任何生物分派工作,除非与此同时赋予他们这样的意愿。比如赋予动物本能以及高效的工具,鸟类精巧的爪和喙就是如此。

现在让我们来总结一下,让我给你描述我多年以前所见的英国的长尾山雀的巢,这是我从《博物概述》中获得的灵感:

> 在那里,黑刺李分叉的树枝间,
> 我望着,那卵形球状的苔藓;
> 靠近看一看,它被编织在一起,
> 苔藓、柳絮和羽毛,
> 里面的填充物,正如你所见,
> 不能再多的羽毛,将其填充满;
> 村民如何称呼它?
> 羽毛口袋多贴切;
> 博学的人们怎么说,
> 长尾山雀就是它。

序

对！这是个巢，一个真正的巢，

没有别人能超越，

黑刺李的大树枝，在下面支撑，

忍冬的花环，为它来装饰，

靠近瞧一瞧，它被编织在一起，

苔藓、柳絮和羽毛；

好软、好轻，多么精巧多么美妙，

绿色的木头旁，再没有比这更合适，

闪闪发光为哪般，

恰当装饰全靠它，

银色地衣的小薄片，

仿佛猫眼石，闪亮又夺目。

这样小巧的小生命，

造出精致、柔软、银色的球，

不需要任何的工具，

除了它的喙和爪；

没有图案来参照，

鸟儿和它们的巢

小小的屋顶小小的房,
在春天的怀抱里,
怎能不爱它,精巧的小东西?
看,墙上有个小窗户,
吱吱吱,这个房子也不小,
你会看到它,这样温暖与舒适,
一个庞大的小家庭!
让我们数一数:一二三四五——
不不不,十六个快乐的小家伙,
十六个小雏鸟,坐着叫喳喳,
你小小的手,不能触摸它。
很高兴你能看到,你还从未见到过
如此柔软可爱的东西吧。

第一章
鹪鹩

鹪鹩真的很美,就像哈里森·韦尔先生画中一样。它娇小的身躯,它可爱、生动又别出心裁的行为,它短小上翘的尾巴,还有优雅的羽毛,都值得我们温柔地关爱。

鹪鹩的颜色比较柔和、低调——微红的褐色;胸部是较亮的灰褐色;不论上面还是下面,身体后部都有暗褐色的波浪线,翅膀上有两条带状的白色斑点。

它的栖息地非常生机盎然,而且极具魅力。"我不知道还有谁,"《英国鸟类》的作者说,"比鹪鹩还

鸟儿和它们的巢

WRENS AND NEST. [Page 8.

第一章 鹪鹩

要可爱，它一直敏捷又快活。在阴沉的天气里，其他鸟儿都看起来很忧郁；下雨天，麻雀等各种雀类都静静地站在小树枝上，翅膀下垂，羽毛凌乱。但是这些快乐的鹪鹩不论什么天气都是一样的，对它们来说，暴风雨的大雨点也不比苏格兰雾蒙蒙的细雨更湿。它们在树莓丛中吱吱地叫，或在墙洞里向外偷看，简直像是起居室地摊上撒欢的小猫一般温暖舒适。"

"真是有趣，"他接着说，"只需要来到户外，就可以观察到一个年轻鹪鹩家庭的动向。穿过荆豆、金雀花，或是杜松，你会被灌丛中频繁重复的类似'唧唧'的音节所吸引。继续走，你会发现一只老鹪鹩掠过小树枝，而年幼的则立刻飞离，并发出'吱吱'的闷声，将自己隐蔽在灌丛中，还有几只年幼的跟随。与此同时，鸟父母鼓动双翼报警，发出异常兴奋的'唧唧'叫声。"

鹪鹩的巢结构十分奇妙，关于这一点我有很多话要说。它们在4月份开始筑巢，而且不挑剔什么条件。它们有时候把巢筑在墙洞或树洞里，有时候就像我们的插图中一样，筑在布满苔藓、报春花覆盖下的堤岸的凹陷处。因为人们以前认为它只生活在洞或巢穴中，它才得到了 *Troglodytes* 这个名字，意为洞穴居民。但是，其实他也愿意把巢筑在谷仓阁楼里，棚屋的茅草中，或者树枝间，又或是筑在靠着墙正在生长的常春藤等其他攀爬植物中。说起来，可能是因为适应性很强，它们可以在各种各样的环境中筑巢。可以确定的是，它们在一个季节常常筑好几个巢——并不是因为它们有很多家庭成员需要分开居住，也不是因为它们建成时就是这样，而是它们似乎就喜欢这样做。我们的博物学家想要谈一谈这种古怪的习性："在雌鸟坐巢的时候，雄鸟好像会做些什么事情：他会在附近筑上半打的巢，而这些巢没有一个会被填满上羽毛；这个时候，有雌鸟坐在其中的'真巢'会被很好地隐蔽起来，那些假巢被用以迷惑来访者。有人说，在寒冷的季节里，鹪鹩睡在温暖舒适的洞中。它

14

第一章 鹪鹩

们常常会占据这些多余的窝,把它们作为冬季卧室,四只、五只甚至更多,挤在一起,互相取暖。"

韦尔先生,就是我刚刚提到的那个朋友,说他的花园中就出现过这样的情形。在冬天,雪覆盖了大地,夜晚时分,七只雏鸟占据了两个多余的巢,它们就是在这个花园中孵化出来的。韦尔先生很善于观察,他说他觉得这非常有趣。一只成鸟在太阳落山前赶来,站在几米远的地方,不停地发出呼叫声,直到所有的雏鸟都过来。不需很长时间,它们很快地回应叫声,雏鸟们和另一只成鸟从四面八方飞来,立刻进入它们舒适的小寝室。还有一件很厉害的事:当刮东风的时候它们会占据开口朝西的巢,同理,如果是西风,它们就会占据开口朝东的巢。显然它们知道如何让自己更舒适。

现在,我将把所有韦尔先生的日记里关于这些建造的细节告诉你,无论是鹪鹩如何维持生活,还是它们如何在报春花堤岸上,又或是西班牙圆植上筑巢。

鸟儿和它们的巢

"你可以想象,在5月30日,一对鹟鹟经过激烈的讨论,决定在西班牙杜松的树枝上为它们自己筑一个巢。雌鸟在早晨7点钟左右,用酸橙树腐烂的树叶铺设一个基础。一些雄鸟正在不远处建排水沟,不过雌鸟并没有注意它们,它正辛勤地搬运和自己一样大的一捆枯叶。而它的配偶看到这些,因它的勤劳感到高兴,坐在不远处的葡萄牙桂樱上,给它唱歌。这样给它加油打气,无疑使雌鸟感到轻松而愉快。从八点到九点,雌鸟像奴隶一样地工作,不停地搬运树叶,选择符合自己目的的,把剩下的放在一边。这是巢的基础,因此它用胸部用力下按,同时还不停转圈,然后再塑造边缘。现在,最微妙、最困难的工作开始了,它一般会离开八到十分钟。它从里面开始,用枝叶修葺下部的缝隙。它很聪明,用苔藓把它们整合成一体,而上部则完全是用苔藓构成的。为了把巢弄成圆形并使它体积足够大,它用胸部和翅膀按压,用身体在各个方向转圈。最棒的就是,在傍晚七点左右,这

第一章　鹪鹩

个小小的、舒适的建筑物外面的全部工艺几乎都完成了。

"我非常渴望能赶紧去检查巢的内部，为此我在凌晨2点半左右出了门。我用食指试探，鸟不在。我发现巢的结构非常紧密，尽管夜里下了雨，但里面却很干燥。鸟儿在这么早的时候已经在忘情地歌唱了，大约3点钟，雄鸟回来了，对住宅感到非常满意，然后飞到一棵树的顶端，开始欢快地歌唱。之后不到半小时，雌鸟也出现了，进入巢内停留了5分钟左右，用它的胸部和翅膀肩部按压出入口，使其更加圆滑。在接下来的一个小时里，雌鸟往返5次，用喙衔来细苔藓，在前端调整出一个小凹陷。又过了20分钟，它带着一捆树叶填充了刚才的凹陷。尽管今天早上很冷，风雨交加，雄鸟依然非常欢快地唱着歌。但是到了7点到8点钟的时候，雄鸟表现出工作的欲望，开始帮助雌鸟，不然它肯定会因为偷懒而遭到雌鸟的责备。接下来的10分钟里，它找来苔藓，装饰巢的

鸟儿和它们的巢

内部。到了11点钟它们都飞走了，可能是去玩耍一会儿，又或者去觅食，直到下午1点多才回来。然后一直到4点，它们都在一起辛劳地工作，找来细苔藓；之后的一个小时里，它们又给巢添加了三次羽毛。一天就这样结束了。

"第二天早晨，6月1日，它们并没有一早就开始工作，证据就是韦尔先生在巢的入口处放了一根纤细的叶柄，直到8点半那根叶柄还在。后来，它们像前一天一样，用细苔藓对巢进行装饰，雄鸟停下来，落在附近的树顶，但它无时无刻不表现出它的满足。

"第三天早上，雄鸟仍然欣喜若狂地歌唱，一直到9点半。它们一起工作了大概两个小时，然后离开了一个小时甚至更久。工作就快结束了，它们似乎有了更多的空闲。突然，坐在巢中的雌鸟从巢口向外张望，发现一个人在乔木后面若隐若现。这个人是它的'好朋友'，但是它并不知道：因为它以为所有的人都很可怕，都是它种族的天敌，所以它立刻开始发出

18

第一章 鹪鹩

报警的叫声。雄鸟听到报警表现得非常激动,尽管这个'可怕的怪物'立刻跑开了,但这个小家伙依然穷追不舍,激烈地叫着斥责他。

"第四天它们继续添加羽毛和细苔藓,跟以前一样,它们在找来很多羽毛以后就会离开。就这样,它们又非常辛劳地工作了五天,后来就只添加羽毛了。巢在第十天完工,雌鸟在其中产下了第一枚卵。"

如果读过这个耐心筑巢的爱情故事,怎么会有小男孩能无情到把鹪鹩的巢扯成碎片呢?

鹪鹩跟很多其他小型鸟类一样,不能忍受别人触摸它们的巢和卵。它们常常为此感到烦恼和焦虑,有些时候最后甚至会弃巢弃卵。曾经有一次,这个善良、好心的鸟类的朋友,在雌鸟不在的时候,小心翼翼地将手指放入鹪鹩的巢中试探,想确定是否有雏鸟在巢中。雌鸟回来后察觉到巢口被触摸过,发出哀悼,然后小心地用自己的胸部和翅膀,重新把巢口弄圆滑。只要把一切梳理得井井有条,它和它的配偶就

鸟儿和它们的巢

会开始照料雏鸟。这些挑剔的雏鸟，仅有6只，但在一天当中就要被成鸟喂食278次。这还是一个小家庭，如果有12只，甚至16只雏鸟，成鸟得付出多么大的努力与关怀啊！但是它们对此游刃有余，每时每刻都那么欢快。

　　所有这些小生灵，
　　在我们看来那么小，
　　乐于尽其本分，
　　从不觉得辛苦。

第二章
红额金翅雀

红额金翅雀是朱顶雀的表亲,红额金翅雀非常的聪明、温顺,忠实而美丽,对于它们刚刚完成的建在一棵开花的苹果树顶的巢,表现出异常的满足。这个巢是个非常美妙的建筑物,用苔藓、干草和细根筑成,里面衬着头发、羊毛和蓟的茸毛。但最棒的其实是它们将巢的外观伪装成周围树枝的方法。这个巢表现出了树枝的凹凸不平,甚至还模仿出了地衣生长的样子,同时颜色也非常接近老苹果树,几乎很难与周围的树枝区分开来。这是它们的天性,多么心灵手

鸟儿和它们的巢

巧！人类的技巧真是无法企及。

　　这种鸟多数情况会产五枚卵，蓝灰色的卵上有灰紫色或褐色的斑点，有时还有一到两个暗色的条带。

　　红额金翅雀是最美丽的英国鸟类之一：前额猩红色，头顶像别致的黑天鹅绒似的帽子一样。向下延伸到白色的面颊，背部是肉桂褐色，胸部白色，翅膀和尾部的羽毛都是黑白相间的杂色，非常漂亮。中部地区称它们为"得意的裁缝"，可能就是因为它们的装扮如此光鲜、亮丽，而且很欢快，仿佛意识到自己打扮得很美。

　　像近亲朱顶雀一样，它们会在雏鸟会飞以后聚集成群。夏末或秋天，你可以看见它们在田野上愉快地盘旋，充满活力，在成熟的蓟花或已经漫天飞舞的种子中享受着它们富足的生活。

　　我常说，到森林和田野中去是多么值得！置身这种安静的状态中，观察小鸟的生活，观察它们筑巢、哺育雏鸟，或者只是看着它们在玩闹。所以趁现

第二章　红额金翅雀

GOLDFINCHES AND NEST.   [Page 16.

鸟儿和它们的巢

在，在这寂静的秋日午后，如果你走进一个蓟花还在开放的老牧场；或是站在千里光和牛蒡肆意生长的小径旁，"我们就可以静静地站着，观察一群红额金翅雀"。正如《英国鸟类》的作者所说那样："它们在植物上方扇动翅膀，紧紧地抓住茎秆，把茎秆弯曲成各种角度，然后把上面的茸毛弄散。种子已经干燥，为了能像鸟儿一样飞翔，它们也带有翅膀。然后，鸟儿们把种子一个接一个地啄下来吞下去。突然走来一头牛，后面还跟着一个牧童。鸟儿们立刻停下来，然后陆陆续续地飞走了。你会看到它们轻盈地拨开空气上升，扇动小小的翅膀，曲线下降然后又再次爬升，最后全速前进。不久，它们又落在结满干种子的小灌丛中，扇动翅膀、展开尾羽，展示自己羽毛的美丽色泽。也可能它们盘旋了一会儿，就在多刺而粗壮的蓟上选择一个落脚点，蓟的头都已经炸裂开来，里面结满了带毛的种子。"

红额金翅雀从3月末开始鸣唱，它们歌声甜美、

第二章　红额金翅雀

低沉而不招摇，跟朱顶雀的鸣声很相似，但极其变化多端，令人愉悦。

我应该给出一些实例来证明这种鸟类易于训练，这样的事例简直数不胜数。赛姆先生在他的《英国鸣禽》中写道："红额金翅雀非常善于学习，它们从其他鸟类那里学习音节的能力众所周知。很多年前罗曼阁下曾展示过很多受过训练的鸟类：它们有红额金翅雀、朱顶雀和金丝雀。第一只鸟假装死去，举起尾巴和爪子，看起来就像没有任何生命迹象；第二只鸟头部着地倒立着，尾巴和爪子朝向空中；第三只鸟在模仿一个荷兰挤奶女工，肩上背着桶好像要去市场；第四只鸟假装一个威尼斯女孩在窗边向外眺望；第五只鸟被装扮成一个士兵，全副武装地在放哨；第六只鸟看起来是个炮手，头上戴着帽子，肩上扛着鸣火枪，爪里拿着火柴正要点燃一架加农炮，这只鸟还表演了受伤的样子，被放在手推车里好像要被送去医院，最后从医院飞走了；第七只鸟转动了一架玩具风车；

鸟儿和它们的巢

最后一只鸟站在四散的烟花之中,没有表现出一丝恐惧。"

就像我说过的那样,鸟儿们被训练得能从一口井中用小桶舀上食物和水来。这实在很神奇,这些鸟类表现得异常顺从;但是我并不对此感到佩服,因为它们是对异常残酷的训练感到恐惧才会做出那些动作,这实在违背它们的天性。不过所有这些都能证明这些小生命多么聪明,多么善于学习,它们很轻易就能明白训练员对它们的指示,并且对此非常顺从。

第二章　红额金翅雀

　　人类把自己当作动物世界的上帝，认为动物应该将自己认为朋友和保护者，也正因此我们才能看到它们有那么多令人惊奇的天赋。经过训练的鸟类不再是胆小的动物，而是用它们甜美的歌声、有趣的模仿来愉悦、美化人类的日常生活。

　　早期的意大利和德国画家把红额金翅雀画在他们的宗教图画中，鸟儿通常落在地面上，站在殉道者的脚下。画家们的灵感可能源自一个古老的传说：鸟类能够感受到耶稣的苦难；或者是源自一种直观的感受，基督教的精神不但会感染人类，也惠及鸟兽。

第三章
欧歌鸫

　　这张精美的图片中画的是最漂亮最高贵的鸣禽——欧歌鸫。树叶还没长出，但鸟儿已经开始筑巢，这时它的配偶正在树顶，鸣唱出优美的旋律。快要完成的巢呈现在我们面前，被装饰得富丽堂皇。

　　这种鸟属于一个庞大的音乐家族，与它的表亲槲鸫和拟鹂的有着类似的歌声，但是它们都有着截然不同的特色。

　　欧歌鸫的颜色十分柔和又令人愉快。它的身体上部棕黄色，颏部白色，身体下部是灰白，喉部、胸部

鸟儿和它们的巢

SONG THRUSH AND NEST.   [Page 20.

第三章 欧歌鸫

和颈侧颜色微黄，且带有密集的暗褐色斑点。

  这种鸫在英国是留鸟，在一整年中一直陪伴着我们，甚至在冬天我们也能偶然听到它们的歌声，尽管4、5、6这三个月才是它们歌唱最频繁的时候。它们在3月配对，3月底或4月初开始筑巢，一年中能产好几窝卵。我们可以看到，它们的巢很宽敞，筑在距地面不太高的地方，比如茂密的灌丛或树篱，有些时候还会筑在粗糙堤岸上的林下灌丛中。它们非常钟爱云杉树，喜欢把巢筑在靠近主干伸展开的低枝上。巢的结构非常坚固、结实，但它们筑造得很快。它们的确对自己的每个动作都十分确定，从不无所事事，总是把工作完成得很好。这是个浩大的工程，为证明这一点，我打算讲讲一对鸟筑造的第二个巢，不过那也许实际上是它们的第三个巢也说不定。那是个周四，6月15日；周五下午这个巢就完成了；尽管巢内部的灰泥层还没完全干，周六早上雌鸟已经产下了第一枚卵。6月21日雌鸟开始孵卵，7月17日雏鸟们被孵化了出来。

巢的框架主要由小树枝、植物的根、草和苔藓组成，草和苔藓是放在巢外部的。巢的里面铺了薄薄一层泥、牛粪和烂木头的混合物，它们被涂抹得非常光滑，几乎像是陶器表面的釉。卵会直接下在这层光滑的混合物上面。这个巢的圆形完美得像一个用车床加工的碗，巢口通常向内收缩。它们的卵一般有五枚，浅蓝绿色，上面带有棕黑色的斑点，在卵的大头斑点更加密集。

欧歌鸫的食物大多都是动物类的，比如蠕虫、鼻涕虫或蜗牛，如果在海边的话可能还有小型软体动物、蛾螺或者滨螺。但是有些食物被贝壳紧紧包裹着，欧歌鸫得发挥自己的聪明才智才能享用它们。我们自己曾经住在一个老花园里的老房子中，房子周围有很多布满常春藤的古树和附属建筑，墙是用大量的贝壳筑成的。这个花园里有一个废弃的牛奶场，那里是欧歌鸫的觅食胜地，它们在那里把破碎的贝壳像祭

第三章 欧歌鸫

祀的石头一样堆积成山,那是它们嘴下的受害者。我继续观察它们工作:它抓住蜗牛,站在石头旁边用喙衔着,不停地在石头上敲击,直到蜗牛壳被敲破。长壳蜗牛可能是很容易被敲破的,但是厚壳的软体动物就很困难了。关于这个问题,《英国鸟类》聪明的作者写过,很多年前,他在哈里斯岛上常常会听到两块小石头碰撞的尖锐响声,他用了很长时间去寻找声音的来源,然而都是徒劳。终于在某一天,他在退潮后寻找鸟类时听到了熟悉的声音,看到一只鸟站在两块平台状的石头中间,头和身体上下移动,每一个向下的动作都伴随着那个一直让人感到神秘的声音。他赶紧跑过去,看到一只鸫飞走了,留下了一个刚刚破碎的蛾螺,躺在石头上的碎螺壳之中。

欧歌鸫把巢收拾得非常干净整洁,从不乱丢垃圾,它们简直是很多邋遢的人的榜样。它们的家风也十分正统,雄鸟会跟雌鸟轮换孵卵,不孵卵的时候就给正在孵卵的雌鸟喂食。雏鸟孵化出来以后,它们的

鸟儿和它们的巢

父母安静而耐心地看着它们，频繁地将雏鸟的翅膀伸展开，仿佛在锻炼它们，顺便还帮它们整理一下羽毛。为了验证它们保持清洁的习惯，一位绅士趁成鸟不在的时候，把一些黏糊糊的泥抹在了两只雏鸟的背上。成鸟回来了，它们敏感地察觉到有什么不对，雏鸟也不停地抱怨。它们看到发生的一切，不仅感到极大的不安，还非常愤怒，立刻开始清理这两个小可怜。有趣的是，它们从外面找来干燥的泥土用于清理，人类的智慧也想不到更好的方法了。

还是那位绅士，他打算用一整天的时间来观察欧歌鸫如何度过它的一天。他藏在一个冷杉树枝搭成的小屋中，在6月8日凌晨开始观察。两点半，成鸟开始饲喂雏鸟，在两个小时内一共喂了36次。到了5点半，雏鸟们已经完全清醒，其中的一只在梳理羽毛的时候失去了平衡，从巢中掉到了地上。成鸟对此发出了最哀伤的叫声，这时那位绅士从庇护所中出来，把雏鸟

第三章 欧歌鸫

放回到巢里。然而这个善良的举动,却使成鸟非常焦虑,直到这个绅士刻意地诱导它们以为他离开了巢的周围,它们才敢重新开始喂养雏鸟。这一天里剩下的时间里没有其他事情,一直到晚上9点半的时候,所有人都去休息了,成鸟已经给雏鸟喂食多达206次。

但是后来,欧歌鸫不知为何变得异常温和,雌鸟在坐巢,抚育雏鸟,人即使离得很近也没有报警的迹象。关于这个问题,我要引用主教斯坦利的《鸟类历史》来举个例子。

"不久以前,在苏格兰,一些木匠在临近房屋的小棚中工作,看到一只鸫飞进飞出,这吸引了他们去寻找原因。令他们惊讶的是,在耙齿和其他农用工具之间有一个正在修筑的鸟巢,就在他们头顶上方小棚的隔扇上。木匠们在6点左右到达,7点时巢已经有了巨大的进展,这显然是这对鸟儿整个早晨坚持不懈的工作。它们在一天之中持续不断地工作着。当第二

鸟儿和它们的巢

天早上工人们回来时，他们发现雌鸟正坐在刚完成一半的巢中，然后它飞走了一会儿，工人们发现它产了一枚卵。当巢完全筑好的时候，雄鸟接替了一部分工作，13天后雏鸟出壳了，成鸟就把碎蛋壳扔到外面去。所有这些都是工人们小心翼翼观察到的，值得称赞的是，他们非常安静、友好，因此赢得了鸟儿的信任。"

欧歌鸫的歌声以其丰富、圆润的声调和富于变化的音节著称。

不幸的是，欧歌鸫歌唱的天赋使它们成为特殊的囚犯。在英国沉闷的庭院、小巷里，或是其他较大的城镇中，常能听到忧郁的窗中倾泻出愉快的、感情饱满的乐曲，那是被囚禁的欧歌鸫发出的歌声。这歌声使你感到悲伤，与它的愉快毫不相称。但谁能说清那只鸟的歌声是如何直击那么多小镇中路人的灵魂呢？华兹华斯描述了这样一个动人的事件：

第三章 欧歌鸫

在伍德街的拐角，日光初现，
鸫在笼中大声歌唱，已经唱了三年：
可怜的苏珊路过这里，听到了它，
在这寂静的早晨，鸟儿的歌。

在绿色的牧场上，她在山谷中间眺望，
那是她经常带着桶旅行的地方，
那里有类似鸽子的巢，一个孤独的小屋，
里面居住着的，是这世界上她最爱的鸟。

它发出迷人的音节，又是什么使她困扰？
她看到山峰升高，她看到树木成林，
大量的雾气在罗伯利上空飘荡，
小河在奇普萨德的山谷中流淌。

她的心已经抵达天堂，她望着的一切，
　　慢慢失去光泽：

鸟儿和它们的巢

雾气与河流、山峰、太阳和树荫：
小河不再流淌，山峰不再抬升，
所有的色彩都从她的眼中消失。

第四章
乌 鸫

乌鸫对我们来说都很熟悉,它和它的表亲鸫是彻头彻尾的英国鸟。它们不但是英国春夏季节最令人愉快的标志,还常常出现在古老的诗和歌谣中,比如《乌鸫和画眉》。对于这些受人喜爱的诗,一说起青葱的树林就不得不提到鸟。

当杂木林散发光彩,田野上晴朗非常,
树叶都又大又长,
走在绿色的森林中神清气爽,

鸟儿和它们的巢

让我们去听听野鸟的歌唱；

林鸫在不停地唱着歌，

坐在小树枝上，

鸫和画眉尽情呐喊，

从清晨一直到夜幕降临。

乌鸫的英文是"Black brid"，原因非常浅显易懂——它们有着完美的黑色羽毛。乌鸫的喙是明快的橙色，眼周还有橙色的环，脚是黄色的。不过只有雄鸟是这个颜色，而且它们要到第二年才能换上这样的羽毛。雌鸟整体棕灰色。

有时也会出现奇怪的白色变异个体，它甚至会使它的同伴们感到惊奇。这种现象有时还出现在麻雀中，这些区别对于可怜的鸟来说是致命的，它们很快就会被射杀。

乌鸫是最会唱歌的鸟类之一。不像其他的鸫类叫声短促、迅速而且非常多变，它的歌声庄重而流畅。

第四章 乌鸫

BLACKBIRD AND NEST. [Page 26.

鸟儿和它们的巢

一只乌鸫抒情地唱歌，其他乌鸫会在壮大的队伍中附和。我们的一个朋友精通鸟类学知识，他坚称乌鸫喜欢高谈阔论，它歌唱的时候仿佛演说家正在抑扬顿挫地做报告。

乌鸫在新年伊始时就开始歌唱，雌鸟坐巢的整个过程中它的歌声一直持续不断。像它的近亲槲鸫一样，它占据巢旁最高的树枝，这样它的歌声才能传得很远。实际上，在整个愉快的春天里，我们都能听到这个三色之王的英式歌曲，这样的旋律持续不断地充斥了整个树林和田野。乌鸫在雨中，甚至是在闪电围绕着的暴风雨中也能唱出怡人的歌。其实，它和其他鸫类都十分乐于在夏天的雨中歌唱。

乌鸫有一种奇怪的叫声，用于提醒雏鸟危险临近，这种叫声雄鸟和雌鸟都可能发出。还有一种叫声，也非常特殊，只有傍晚黄昏时分才能听到，是一种伴随着夜幕降临的令人愉悦的和声。跟鹀鸫夜晚呼唤同伴集合一样，乌鸫用这种声音来呼唤同伴聚到栖

第四章　乌鸫

处，如果比较远它们可能会分散着栖落。

乌鸫巢的选址多种多样。最常见的是在灌木的浓密部分，有时也会在树桩中间的空洞里，或是老树卷曲盘绕的根之间。常春藤围绕的林间小路旁的堤岸上有适合筑巢的最美丽的树洞。它们的巢还有可能筑在小屋或仓库小棚的屋檐下，坐落在承梁板上，更多的时候在纬管上，或是被砍掉树顶的树桩上，半隐在树枝后——尽管开始筑巢的时候树叶还没长出来。巢由干苇子组成，上面点缀着干草。雌鸟一般产五枚卵，浅蓝绿色的卵上带有密集的黑色斑点，与乌鸦、喜鹊等的卵非常相似。

跟其他鸫类一样，人们大多觉得乌鸫是园丁的敌人，因为它们吃果子，尤其是醋栗、覆盆子和樱桃。而非常有趣，同时也很恼人的是，它们常常狡猾地接近这些果子，像是在玩一个淘气的把戏。它们偷偷地挪近，低而轻地飞，一旦被发现就会藏进邻近的红花菜豆或是洋姜中，然后像老鼠一样保持安静，直到确

鸟儿和它们的巢

定人类"敌人"已经离开。人类如果没让它们继续潜伏，而是将它们赶走的话，它们在飞走时会发出一种怪异的音节，很像违抗命令时而发出的轻笑声，仿佛在说："哈哈，我们马上就会回来的！"然后真的很快就回来了。

其实我们不必不舍得它们跟我们分享食物，尽管它们既不挖土，也不播种，但是如果没有鸟类——没有乌鸫和其他鸫类来愉悦我们的心灵，用它们的乐曲使我们的花园、树林或是田野变得欢乐，花园和园丁的劳动会变得非常枯燥、无聊，甚至整个国家都很无趣。像所有优秀的歌手一样，这些鸟类期盼，也应该得到不错的报酬。

乌鸫虽然与人不太亲近，而且十分固执，但是在保护雏鸟上非常大胆。它们可能处在危险当中，或是受到很多天敌的攻击，可以说真是危机四伏，尤其是那些与人类有间接关系的天敌。J. G. 伍德牧师告诉我们，四处搜寻食物的猫出现在雏鸟附近时，在其父母

第四章　乌　鸫

团结一致地把猫吓退之前,雌鸟就会对其进行攻击。

我现在来总结一下麦吉利夫雷对乌鸫一天的观察,其中我做了一些删减。

"6月10日,星期六早上,我进入一间用绿色树枝建的临时棚中,从凌晨2点半开始观察乌鸫如何度过它们的一天。它们住得很近,在老墙上的一个洞里,那个洞不知是它们还是别的鸟先使用的,已经使用了多年。

"3点一刻它们开始喂养雏鸟,一共4只。雌鸟在喂食上更加辛劳,当雄鸟不喂食的时候,它会歌唱得非常甜美。直到7点钟,雄鸟开始诱导一只雏鸟跟着它学飞。这时出现了一点儿小差错,雏鸟掉落下来,我必须帮助它回到巢中,但这引起了这个家庭小小的骚动。它们的巢极其整洁,哪怕产生一点儿垃圾它们也会马上将其运走。10点钟喂食开始变得非常频繁,一直到下午2点,雌鸟和雄鸟的喂食频率几乎相等。

"我所在的小棚子十分隐蔽,但是一只鸫鹩落在地上正要飞起时看到我的腿在动，于是发出了警告的叫声。在几秒钟内，附近所有的鸟都知道发生了什么。乌鸫在小棚子外面不停地跳着，用尽力气地向内偷看，甚至跳到顶部，距离我的头只有几厘米远，但是却什么都没发现。骚动终于平息了。最后这可能被认定为假警报，乌鸫又回去给雏鸟喂食，一直到差不多4点钟。然后，一天中的大事件发生了。

"在大约3点半，雌鸟带回了一条大虫子，大概10厘米长，它喂给了一只雏鸟后就飞走了。不久它又回来了，察觉到那条虫子没有被吞下去，而是卡在了雏鸟的喉咙上。雌鸟发出了不安的呜咽，立即招来了雄鸟，它也马上看到了这个可怕的灾难，感到万分恐惧。两只成鸟非常努力地想把虫子推进雏鸟的喉咙里，但是毫无成效。突然，说来奇怪，雄鸟发现了引发灾难的原因：虫子外端跟雏鸟胸部的羽毛缠住了，而且缠得很结实，因此雏鸟没法将虫子吞下去。雄鸟小心地将其分离开，把虫子提起来，可怜的小家伙本

第四章 乌 鸫

想努力把虫子吞下去,但这时它已经精疲力竭了,它闭着眼躺着,在接下来的三个小时里一动不动。在此期间雄鸟站在一棵树上,距离巢几米远,唱出它最动人的音节——无疑那是一首欢快的歌,庆祝它的孩子死里逃生。

"从4点到7点,两只成鸟一起喂食,后来雄鸟把这个家庭任务交给了它的配偶,自己跑去不停地唱歌。8点40分左右它们停止了工作,在这一天中它们一共给雏鸟喂食了113次。

"我发现,开始喂食之前它们常常落在一棵树上

鸟儿和它们的巢

环视四周一会儿。有时候它们带回大量的虫子，一只一只地进行喂食；还有些时候它们只带回一条虫子喂给其中一只雏鸟。

"雏鸟经常整理羽毛，舒展它们的翅膀。有时候它们偶尔会睡觉。

"听到报警的音节时，所有鸟类都开始搜寻它们的天敌，似乎所有的小型鸟类对此都很熟悉。一旦出现兽类或者猛禽，它们就会非常焦虑，为家庭感到担心。它们从一棵树跳到另一棵树，发出哀鸣。有一次，乌鸫们突然进入了一种非正常的兴奋与恐惧的状态，其他丛林中的伙伴也和它们一样。当时正好有一个男人和一个小男孩正在我的花园里工作，听到这个声音，他们跑去查看原因。他们看到在地上的树枝中，一只大黄鼬正在狡猾地搜寻猎物，然而它在那儿并没做什么坏事。我发现成鸟刚一发出警告的声音，雏鸟们就畏缩在巢中，并表现出异常的不安。雏鸟对这种危险的暗示反应如此迅速，真是太令人惊讶了。"

第五章
河 乌

韦尔先生向我们呈现了一张迷人而准确的河乌画像。它圆圆的身体、可爱的小尾巴,从外形和动作上都很像鹪鹩。而它飞行的状态与鱼狗非常相似,在一些地区人们甚至会把它们和雌性鱼狗弄混。但它既不是鹪鹩又不是鱼狗,也不是它们的近亲。它是美丽的小河乌,天真的小生命,它用自己的方式,用它欢愉的一生,给这自由的国度中所有爱它们的人带来无限的乐趣。

河乌的头颈上部、整个背部和翅膀都是锈棕色的，但每一枚羽毛的边缘都是灰色，所以颜色一点都不呆板。它的喉部和胸部雪白，与身体的其他部分形成了强烈对比，使它看起来就像在它的栖息地中的阴影里被照亮的光斑一样。

我刚刚说过这种鸟儿能给所有热爱自然的人带来快乐，正因为如此，它们尤其受到诗人和画家的喜爱。它活跃在山地，那里有布满礁石的小溪，流淌着仿佛在不停地低语；它越过一块块巨石，沉睡在朦胧的池塘边；或者蛰伏在石墙之间潮湿的裂隙，那里伸展出野生玫瑰花苍翠的枝干，其上点缀着花朵；又或是站在耐寒瓦苇枝头，像一束羽毛。在这样的溪流边，带着泡沫的溪水和优美的植被旁，我们很可能会看到快乐的小河鸟，它能完美地融入这种景色。

现在假设你已经在苏格兰或威尔士的夏天高兴地待了几周，让我来重复一下我不变的建议，那就是关于乡村生活与学习的最真实的乐趣。走出去待几个小时，不要着急，带上你的书或者速写本，或者是任

第五章 河乌

DIPPERS AND NEST. {Page 34.

鸟儿和它们的巢

何你喜欢的消遣，只要是安静的就可以。然后你可以坐在山上布满石头的溪流旁，选一个你知道的最舒服的能晒到太阳的地方，不论你是否需要太阳的温暖，你都能看到美丽的光影变幻。你自在地坐着，静静地保持不动就好像也是一块石头一样，半掩在野生玫瑰丛或是一团黑莓后面，过不了多久就可能看到欢快、活泼的小河鸟。它迅速而顿挫地飞来，落在石头上，看看这儿瞧瞧那儿，像光一样快！它一会儿吃掉一个水甲虫，一会儿又抓住一条小鱼，一会儿又潜入溪流中去捉一条它突然发现的蠕虫，一会儿又踱进浅滩拍打翅膀，不为别的，完全是为了那种纯粹的快乐。现在它离开了，过了一会儿，它出现在那边灰色的石头上，在黑暗的峡谷中露出水面，就像暴风雨中海面上的岩石，水冲刷着、咆哮着，完全越过了它的头顶。但是它仿佛在家一样，像鹡鸰一样抖动着小尾巴，在石头上跳来跳去，好像它的生命一刻都不能静止。听！那是它的歌声，多么欢快，你可以想象出那

第五章 河 乌

样一首歌从它快活的小心脏中流出。然后它开始了各种滑稽的行为,它一定是个奇怪的小精灵!如果我们像它一样成为一只小河乌,理解它的歌声和它做的所有怪相,应该就不会觉得时间枯燥乏味而想找事情来做了。

我们或许认为它非常快乐,它拥有了它内心渴望的一切东西。寂寞的山间溪流可以供它打猎,跳跃着、嬉笑着的流水陪伴它忍受孤独。所有这些奇妙的堆积成山的岩石,被很久以前猛烈的冬季湍流带到这里,曾经冲击着、咆哮着的满是泡沫的瀑布喷射而出。夏天的阳光在此编织出美丽的彩虹。所有野生的玫瑰和金银花,所有孔雀草和宽大的乌苇,在秋天都会变得金黄,装点了它的小王国。核心的位置上,它在岩架的下面修建了可爱的巢穴,旁边就是喷溅而出的瀑布。它的巢跟鹪鹩很像,雌鸟坐在上面,它是那只小河乌的伴侣,孜孜不倦地爱着它们的孩子:四到五枚微微泛红的白色的卵。

鸟儿和它们的巢

　　它的巢非常柔软且有弹性，不知道什么原因，有的巢会大一些。一般情况下它们的巢都离水很近，因为环境的原因巢会保持潮湿，使它看起来非常新鲜，看起来像极了周围的环境，就连最敏锐的眼睛都难以发现。雏鸟孵化出来以后，它们很快就能跟随父母自由外出。你很难看到单独的河乌个体，都是五到七只成小群活动，周围还有更多的河乌，它们因此才更快活。

第六章
夜　莺

　　夜莺，是一个大的类群莺科的"首领"[1]，而且在所有的鸣禽中享有盛誉，尽管有些人觉得乌鸫在圆润、鸫类在音色上更胜一筹，但是在其他方面，夜莺完胜。但是在我看来，没有一种鸣禽可以和它相比。如果能在寂静的夏夜听一听它的歌曲，那我也只好借艾萨克·沃尔顿的话向你们介绍介绍。

1　编注：实际上我们一般所说（以及本篇描述）的"夜莺"是鸫科歌鸲属鸟类新疆歌鸲（*Luscinia megarhynchos*）或欧歌鸲（*L. luscinia*），而非莺科鸟类。

鸟儿和它们的巢

"夜莺，另一个无忧无虑的小生灵，可以用它乐器一般的喉咙唱出甜美的音乐。它使人们感叹，原来奇迹从没停止。午夜时分，当疲倦的劳动者安然入睡，这时就可以听到我常常听到的，在清澈的空气中甜美的高音，声调自然地上升或下降，它的歌声循环往复，仿佛升到了地球之上说：'主啊，看看你给天堂里的圣徒提供的是什么音乐？你给地球上的坏人却听着这样优美的乐曲呢！'"

从颜色上来说，夜莺的上部是深棕色，尾部淡淡发红，喉部和身体下部灰白色，颈部和胸部灰色，喙和爪浅棕色。它的体型就跟花园里的其他莺类差不多，在外形上也像是，应该说大概是一类的。如此，这个最受尊敬的歌手，诗歌和颂词中的主角就要出场。人们会特意到很远的地方去听这种鸟儿歌唱，因为在飞来几周之前人们就一直在谈论它们，大家等待着它的到来，仿佛女王或王子就要驾到。但它不过是一只不起眼的棕色小鸟，没有鹦鹉那样漂亮的羽毛，

第六章 夜 莺

甚至还不如每天都穿着礼拜服的小金翅雀呢。但这对我们来说是一个很好的启示。小小的、棕色的夜莺和它棕色的夫人生活在矮灌木丛中。它们的巢简单而不做作，没有修建在高处的树枝上，而是谦逊地筑在树根处，甚至可能直接建在土地上。它教给我们，世界上外在的展示和奢华并不是真正的伟大。世界上最厉害的鸟类歌手也许曾经像鹰一样大，盛装打扮，披着蓝色、猩红色和橙色的羽毛，像是最华丽的金刚鹦鹉。但是造物者认为不该这样：鹰已经有足够的力量和凶猛，闪耀的法衣应该给金刚鹦鹉，而获得最神圣的礼物——歌声的鸟儿应该是谦逊、低调的，小小的身体，没有出众的美丽羽毛，喜欢把自己隐居在浓密的灌丛中。小小的雌鸟，它的伴侣，正在孵化橄榄色的卵。

哈里森·韦尔先生为我们描绘了一张夜莺在巢中的甜美图画。在不远的某处可能有一条大路，或是一条林间小巷，从一个村庄通向另一个村庄；这条被

鸟儿和它们的巢

称为"夜莺小路"的道路穿过一个又一个夜晚，贫穷的、富有的，博学的或是没受过教育的人们都来听夜莺的歌唱。在我家附近就有这样一条"夜莺小路"，路一侧是浓密的矮树丛，幼嫩的橡树和西班牙栗子向上快速生长，浓密的野生玫瑰和黑莓灌丛交织在一起，枝条向外延伸，越过古老的生有苔藓和常春藤的树干。那些树干都已经倾倒，周围遍布池塘与河道，水中荡漾着五颜六色的浮萍和春天的湍流，那真是鸟儿的天堂。听说萨里的夜莺是唱得最好的。现在来讲讲是故事最令人难过的部分。捕鸟者追随着夜莺，很快就将它们抓住了。再见了，充满快乐的矮树丛！再见了，那幼嫩的橡树和西班牙栗子！再见了，那野生玫瑰丛和古老树根处的洞，那里有它的小巢，它正在孵卵的小小的配偶！

夜莺是迁徙鸟类，一般在4月中旬来到我们这里。往往在刚到达这个国家时就会有雄鸟被捕，这令它们很不开心。雄鸟比雌鸟提前两周到达，它们一到就开

第六章 夜 莺

NIGHTINGALES AND NEST. [Page 40.

鸟儿和它们的巢

始孤独地歌唱，那是一首甜美的问候歌曲，表达着它们对与雌鸟交好的热切盼望。有只雄鸟在雌鸟到来之前就被抓走了，但它还是唱着歌，仅仅为了呼唤和欢迎雌鸟的到来，它不停地唱，满怀期望，持续了整个夏天，但是雌鸟还是没有来。它不会放弃呼唤配偶，尽管它失去了在林中的自由。它唱啊唱啊，如果度过了那年冬天，它还会在下一个春天唱起相同的歌曲——这种欲望在它的心中重新点燃。因此残忍的捕鸟者竭尽所能要在较早的阶段，即它们刚刚到达时就抓住它们。如果晚些被抓，比如在配对之后，好像我们画中的那样，它已经拥有了它生命中的全部财富，那样它就不会一直歌唱了。实在不忍想象，它被关在伦敦或其他城镇中、阴暗而肮脏的街道上的狭窄的笼子里，而且眼睛也失去了光芒！残忍的捕鸟者幻想着，它看不见才能唱得最好！它可能会歌唱一段时间，期待着能把自己从这个充满囚禁、黑暗以及孤独的噩梦中唤醒。但这不是梦，它终于意识到这是可怕

第六章 夜 莺

的事实,在夏天结束之前,它心碎而亡。

不过非常有趣的是,不知道为什么,夜莺把自己限制在英格兰的某些地区。比如它会去到瑞典,甚至俄罗斯的热带地区,但是却不会出现在苏格兰、北威尔士,或是爱尔兰,以及除约克郡外所有北部的地区,明明约克郡就与唐卡斯特相邻。在西南地区,比如康达尔和德文郡,夜莺也不多见。一般认为夜莺会在冬天从埃及迁徙至叙利亚。它们出现在约旦柳树中、朱迪亚的橄榄树上,但是它们没有出现在圣经中,尽管所罗门王无疑见过它们。在春天美好的描述中:"看呐,冬天已经过去,雨天也已结束,世界上出现了花朵,鸟儿歌唱的时间已经到来,我们的大地上也已有了乌龟的呢喃。"最近在叙利亚旅行的朋友告诉我,她去年4月在黎巴嫩的高海拔地区听到夜莺在凌晨4点歌唱。

人们曾有过各种尝试,想要吸引夜莺来到它们不常去的地区。例如格拉摩根海边的高尔半岛,那里的气候非常温和，当地的一位先生把很多夜莺雏鸟从诺福克和萨里带过来，希望它们在美丽的林间感受到家一般的温暖，明年能再回到这里。但是没有一只回来。还有一次，在苏格兰，约翰·辛克莱先生购买了大量的夜莺卵，每个一先令。他雇用了很多人帮忙小心地将夜莺卵放到欧亚鸲的巢中去孵化。一切都很成功。养母将它们抚养大。羽翼丰满的时候，它们飞来飞去，仿佛在家里一样。但当9月来临，这是平时夜莺迁徙的时间，神秘的冲动在这些异乡雏鸟的心中唤醒，它们顺从心意，突然间就消失了，而且再也没有回来。

哈里森·韦尔先生的画将夜莺的巢表现得非常准确，它们的巢在结构上有些纤弱甚至易碎，用枯萎的树叶，多数是橡树的叶子筑成，上面还镶嵌着干草。《英国鸟类》的作者描述过一个他捡到的巢，是由柳树的树皮碎片构成的，中间夹杂着椴树和榆树的叶子，上面镶嵌着纤维状的根、草以及一些毛发。用什

第六章 夜 莺

么样的材料,就会产生什么样的效果。

总结一下这一章,我想谈一谈在土耳其墓地中的习俗,以前会在坟墓的前后各种一棵柏树,现在变成了柏树林,因此夜莺随处可见。其实让这种鸟生活在所有坟墓的周围,也是一个古老的爱的习俗。

第七章
云　雀

云雀是美丽的歌唱家,它们能把欢愉带去天堂之门,因此激发了很多诗人去歌颂它们。华兹华斯曾欣喜若狂地写道:

带我同行!带我冲上云霄!
云雀啊,你的歌声多么高亢,
带我同行!带我冲上云霄!
歌唱啊歌唱,
云彩天空伴你唱得响亮,

鸟儿和它们的巢

将我激励，为我指引，
去到我神往的地方。

　　雪莱在一首颂诗中表达了鸟儿的狂喜，他带着自己泉涌般的悲伤将其朗诵：

向你致敬，无忧无虑的精灵，
你从来不像鸟儿
来自天堂或那附近，
用充沛的天然艺术，
倾诉出你全部的心声。

高些，再高些，
从大地一跃而起，
你像一朵火云，
在蔚蓝的天际展开翅膀，
在飞翔中歌唱，在歌唱中飞翔。

第七章 云 雀

……

比所有的乐曲,

还要美妙,

比一切的书籍,

还要包罗万象。

你蔑视凡尘,作诗的技巧高超,

你不需思考的欢愉

哪怕给我一半,

协调的疯狂

就会从我的唇角流淌,

全世界将会侧耳聆听,正如我现在这样。

詹姆斯·霍格,埃特里克的牧羊人,在苏格兰的小山上快乐地听着云雀唱歌,他这样写道:

荒野的鸟儿,

鸟儿和它们的巢

轻松而愉快。
在旷野和草地上甜蜜地生活,
是快乐的象征。
幸福是你的居所——
哦,在荒原上与你为伴!

你产下后代,大声尖叫,如此野性,
远远地飞翔于毛茸茸的云朵中,
爱赐予它力量,爱给予它生命。
你那带着露水的翅膀在何方,
你会在哪里旅行?
你的爱在天堂,你的爱在人间。

在瀑布和喷泉的光辉中,
在沼泽和山地的绿色中,
飞跃幽暗的云朵,
飞跃彩虹的边际,

第七章 云 雀

音乐的天使,急速腾飞,歌唱着离去!

然后夜幕降临,

降落在石楠花中,

去到你甜蜜的爱的小床,

你幸福的居所,

哦,在荒原上与你为伴!

但是我们一定不要忘记,这尘世间的生命,这些甜美的歌中唱的鸟儿。

云雀的羽毛是深浅不同的棕色;颈前部白色且微微泛红,上面还有棕色的斑点;胸部和身体下部是发黄的白色。它的脚很特别,后面的爪出奇的长,而原因却使很多博物学家感到困惑。但无论如何,自然把它塑造成如此,至少云雀通过这一点获得了人们的兴趣和赞叹。相信我们很快就能找到原因。它的巢筑在地上,两个土块儿之间,或是较深的牛脚印中,再或

鸟儿和它们的巢

SKYLARKS AND NEST. [Page 44.

第七章 云　雀

是其他合适的凹陷处。巢由干草、毛发和树叶组成，大多数情况下毛发作为衬里。雌鸟一窝产四至五枚卵，卵浅褐色，上面有深色的斑点和斑纹。雌鸟每年一般产两窝卵，在5月开始坐巢。雄鸟在早春时节就开始歌唱。比威克说过："雄鸟从巢的附近几乎垂直飞起，像弹簧一样，直达天际在高空盘旋。相反，它下降的时候一般都会有一个倾斜的角度，除非是受到了猛禽的威胁，或是配偶的吸引，它才会像石头一般落下去。"

关于云雀向上飞行，我必须要补充说明一下，它们的飞行轨迹是螺旋状的，就像比威克形容的"弹簧"一样。它们突然间螺旋状地飞行，然后停下来歌唱。另一个必须要提到的特点，它们的骨头都是中空的，而且可以用肺部的气体来给它们充气，这样，它们就能变成一个小气球，这些浮力可以支持它们在天空停留更长的时间——一般一次能有一个小时。还有，它们的声音极富穿透力，七百或上千人的神剧乐团的声音可能也不能填充如此广阔的天空，但是这些享有盛名的小歌手却可以。它们不断向上，直到不再被看到，然而不需要特别努力，就可以使别人听到自己的声音。

　　云雀父母对雏鸟的爱非常伟大，而且会用明显的方式显示出来。

　　云雀的巢一般建在开阔的地面上，一般是牧场或是刈草场，这种地方很容易被打扰。因此有很多鸟儿温柔地关切雏鸟或卵的例子，让我来引用一下杰西先生的作品。"报警的情形，"他写道，"可能是牛在它的巢附近吃草，又或是一个割草工靠近，成鸟都会用它们长长的爪将卵转移到更安全的地方，而我所观察到的这些情况被影响的时间都很短。"他说以前一个割草工曾经告诉过他这种现象，他几乎不敢相信，直到后来自己亲眼所见。他认为这应该只能算是云雀向后代表达爱的另一个证据吧。有一个云雀背着雏鸟转移的公开发表过的例子，那篇文章中雏鸟被从一个危

第七章 云 雀

险的地方转移到玉米地中。不过，亚雷尔先生曾经提到过，不论这些鸟儿在转移卵的时候是多么成功，它们也很难同等对待雏鸟。一个例子引起了他的注意，一只雏鸟太重了，在大约九米的高空，从成鸟背上掉了下去，摔死了。

在所有被关起来的鸟儿中，没有什么比云雀更令我悲伤。它最大的欲望就是高飞，但这是在狭窄的鸟笼里不可能实现的。在这种郁闷的情况下，当它停止了唱歌的欲望，就会将自己用力向上抛起，但又被这残酷的障碍挡住，撞得跌落下来。为此，云雀笼子的顶部通常会铺有毛呢布，以防云雀受伤。大自然中，它们是象征自由与爱情的吟唱歌手，向上飞翔，向下传播它轻快的歌，仿佛穿过金色的阳光，倾倒出洪水般闪闪发光的乐曲。

我不知道云雀到底能飞多高，但是一定令人叹为观止。它的身影慢慢缩小，最后变得像一粒尘埃，几乎消失在闪耀的光芒中，但是它飞得再高也从不会忘记下面的小小配偶和后代。雏鸟发出危险或焦虑的叫声，尽管这个叫声人耳几乎无法听到，但雏鸟能够用这样的颤音告诉高空的"歌手"们，使它们像箭头一样飞落下来。否则一般情况下它的下降会更加悠闲，有人说甚至像上升时的那种螺旋线。

对云雀来说非常不幸的是，它们被认为很好吃。不论是在大陆还是英格兰，大量的云雀死于餐桌。人们责备罗马的老饕卢库勒斯，在近两千年前享用了炖夜莺舌头的大餐，我实在无法说服自己去吃下这些可爱的小歌手。它们虽然是精美的食物，但更是上帝的馈赠，带给世界快乐与美丽。

第八章
朱顶雀

朱顶雀是雀科中的一个分支,它们对我们来说都很熟悉。它们是可爱又鲁莽的麻雀和美丽的金翅雀的表亲。

朱顶雀的体型紧实、浑圆,短短的脖子配着大小合适的头部,短而强劲有力的喙用来衔起种子和粮食,那正是它们以此为生的东西。它们多数在一季产两窝卵,筑造一个大而深、又非常紧密的巢,这跟它们的体型特点相适应。尽管朱顶雀的巢外观都很相似,但使用的巢材却各不相同。

鸟儿和它们的巢

朱顶雀每年换一次羽，当它们换上夏季的盛装时会变得非常整洁、帅气。在这个国家到处都是大量的朱顶雀，雏鸟在繁殖季节聚集成群；或是在冬天，它们会被人类吸引，在农场和草垛上觅食。

我们画中的朱顶雀是"大红头"，朱顶雀家族中的四兄弟之一，是其中最大的一种。还有笨蛋或山朱顶雀，干巴巴朱顶雀和"小红头"——体型最小的一种。它们的外观都很相似，很容易相互混淆。俗称"红头"来源于它们头部鲜艳的深红色斑点。朱顶雀头部的后面和颈部的侧面是暗灰色，背部暖棕色，翅膀黑色，喉部是苍白，上面有棕色的斑点，胸部是明快的红色，身体的下部是发暗的白色。

朱顶雀在鸣禽中的地位，犹如歌曲作家在诗人中的地位一样。它并不是巨星，比如乌鸫、槲鸫或是林百灵，它们的歌中仿佛都有一部长篇小说一般；或是云雀，把歌唱到天堂之门；又或是夜莺，它是鸟类中最主要的圣歌作家。尽管朱顶雀稍逊，但它也算是

第八章　朱顶雀

LINNETS AND NEST.　　　[Page 48.

鸟儿和它们的巢

一个甜美的作曲家。它的歌很迷人，好像充满欢乐的夏天，开阔的荒野中新鲜的气息，夹杂着荆豆的芳香，或在苏格兰山坡上，金雀花金色的花朵。它的歌声毫不矫揉造作，有些超凡的快乐，简单的对生命的满足，唱给它褐色的配偶。雌鸟的羽毛上没有一点儿是深红色的，它坐在舒适的巢中，孵化着白色且钝端带有环形色斑和褐色斑点的卵。它永远是一个甜美的妈妈的形象，耐心等待着它们的孩子从易碎的壳中诞生，一开始还看不到，后来有一共五只几乎全裸的灰褐色的小家伙，张着嘴巴乞食。

朱顶雀最喜欢把巢修建在低矮的灌丛中，荆豆是它们的筑巢胜地。它们的巢一般由干草、植物的根、苔藓组成，镶嵌着毛发和羊毛。我们的图画中就有它们巢的样子，我们的朋友哈里森·韦尔先生，在博物绘画中一向写实，同时还具有发现美的眼睛。

正如你所见，在巢的周围满是黄色的荆豆花，围着形成了一个篱笆，荆豆刺虽然看起来又绿又嫩，其

第八章 朱顶雀

实像针一样尖锐。是的，在这些荆豆丛中，在快乐的大地上，山坡上落满雪的山楂树中，开着粉色花朵的沙果树上，或是在苔藓茂密、镶嵌着浅粉色樱草的堤岸上，有上千个朱顶雀的巢，雄鸟歌唱着春天里生命的美好，歌唱着迎接夏天的来到。鸟儿唱着，一个男人在旁边犁地，男孩引领着马匹听着鸟儿的歌声。尽管男人不会对此发表评论，但心里却想着，这些鸟儿的歌跟他小时候听到的一样甜美。而男孩享受着这一刻的快乐，暂时忘掉了辛劳，吹着口哨模仿朱顶雀的音调，这些都会深深地印在他的脑海里。多年以后，这些柔软的情绪被回想起来，那时他已经成年，可能正在澳大利亚或加拿大辛勤劳作；这样的情绪也许还会面临在某个考验或诱惑之际成为他的守护天使，将他带回到他的童年，带到上帝面前。

图画中展示了一窝朱顶雀的雏鸟，以及成鸟喂食它们的景象。朱顶雀对它们的后代非常体贴，亨特利主教在他的《鸟类研究》中给我们提供了一些例证。

鸟儿和它们的巢

"一群孩子找到了一个朱顶雀的巢，里面有四只雏鸟。他们将其带回了家，打算喂养并驯服那些雏鸟。成鸟们被孩子们叽叽喳喳的说话声吸引，它们拍打着翅膀跟随着孩子们，直到他们回家，巢被拿到楼上的保育窗中。成鸟们立刻来到巢中喂养雏鸟。这个现象被观察到了。后来巢被放到了房间中间的桌子上，窗户保持打开状态，成鸟们像以前一样前来喂食。为了继续试探它们的耐心，后来巢被放到了笼子里，成鸟仍然会带着食物回来，傍晚就栖落在笼子上，丝毫不顾孩子们制造的噪音。就这样持续了几

第八章 朱顶雀

天,后来发生了非常不幸的事情。笼子被放在窗户外面,暴露在一场猛烈的大雨之中,雏鸟们在巢中被淹死了。可怜的成鸟们不停地在房子附近盘旋,伤感地从窗户往里看,这样持续了几天后它们终于一起消失了。"

第九章
凤头麦鸡

凤头麦鸡，属于一个被我们称为涉禽生物的类群。这个类群拥有强健的腿用来行走，它们的栖息地都是有水的地方，或者需要在水波中喂养雏鸟，因此需要足够长的腿可以使它们能够涉水，这也是该类群名字的来源。

凤头麦鸡是一种非常有趣的鸟类，它们的特征和栖息地十分特殊。它的羽毛异常美丽：身体上部是浓浓的绿色，带着金属般的光泽。颈部侧面和尾的基部是纯白色的，尾巴和头部黑色。头上有羽冠，一般是向后合起来的,在它高兴的时候才会竖起来。凤头麦鸡的体长大约是30厘米。

凤头麦鸡遍布这个国家,它有着开放的海岸上和广阔的旷野中最特别的羽色之一。因为它是独居动物,它持续而忧伤的叫声与它极为相称,就像这个场景中的精灵随海浪一起呜咽,哀嚎着狂野中莫名的感伤。但是,凤头麦鸡不会将自己置身于悲伤中,因为它是一种活泼好动的鸟,它在空中和小伙伴一起嬉戏打闹,盘旋着一圈又一圈,用不知疲倦的翅膀飞升到惊人的高度,然后下降;在大地上奔跑,跳来跳去当作消遣。

虽然凤头麦鸡很敏捷,但它是一个邋遢的筑巢者。事实上,它只是把一些干苇子归拢到一起,放在一个浅坑里,就像一个粗糙的杯托或盘子。这样雌鸟就可以在其中产卵了,一般是四枚。尽管雌鸟不需要担心筑巢的问题,它还是要小心翼翼地产下卵,将卵的尖头朝向中间,就像图画中的那样——虽然图画中

第九章 凤头麦鸡

PEEWITS AND NEST. [Page 52.

鸟儿和它们的巢

现在还只有三枚卵,然而第四枚马上就会到来,一起拼成十字架的形状,然后雌鸟就开始坐巢了。

这些蛋是鸽蛋的一种,因此成为在早餐桌上的奢侈品,而且因为它们把卵产在如此开放的裸露的大地上,你一定认为它们的卵很容易被发现。你错了,这些卵看起来和大地非常接近,很像旷野中的一部分,也很像古老海滩的石头,人们很难将其分辨出来。但是鸟儿在筑巢上越是粗心大意,它在关怀配偶和卵上花的精力也就越多。在雌鸟坐巢的时候,雄鸟会使出浑身解数来驱赶靠近巢的入侵者。它一圈一圈地旋转飞翔,以便吸引它们的注意力,不断哀嚎、尖叫着发出"pee-wit"的声音,直到入侵者越来越远,离开了使它焦虑的范围。而它的叫声正是它英文名字的来源。

这四只小小的雏鸟,刚孵化出来的时候覆盖着绒毛,它们几乎一出壳就会跑了,因此可怜的鸟妈妈也要使出它的浑身解数了。说真的,父母的关爱是很令

第九章 凤头麦鸡

人惊叹的。假设现在这些无助的雏鸟正在到处乱跑，享受着生命带给它们的极大的快乐，这时，一个男人，或一个小男孩，或是一只狗，又或是他们一起正在接近这些雏鸟。雏鸟们会立刻蹲在地上，像几乎隐身了一样，与大地融为一体。然后成鸟们开始报警，围绕这些不速之客一圈一圈地盘旋，非常生气、非常苦恼，哀嚎着发出"pee-wit"的叫声，将他们从雏鸟的身边赶走。然而，如果这种方法没有奏效，可怕的入侵者依旧顽固地靠近雏鸟的方向，成鸟就会尝试另一种诡计。它们落在地上，朝另一个方向奔跑，假装一瘸一拐地，用最巧妙的方式无助地摔倒在地，显然这给入侵者提供了最容易也是最诱人的捕获方式，直到安全地将天敌引走，它们一跃而起飞到空中，依旧尖叫着，发出"pee-wit"的叫声，但这一次仿佛是笑着谈论自己的足智多谋。

雏鸟们在4月被孵化出来，7月底才能羽翼丰满。当它们聚集成群的时候，它们会离开海岸或者沼泽地，寻找开阔的丘陵或者牧羊场。它们马上就会变得肥硕，因为那里有丰富的食物。令人高兴的是，它们已经不再像以前那样经常被端上餐桌了。有一本古老的内务费用明细叫作《诺森伯兰郡家务》，我们从中发现它们在其中被标价一只一便士：它们被看作是一道上等菜，是"阁下套餐"的一部分。

现在回到我们的鸟儿，凤头麦鸡。它们像海鸥那样容易被驯化，能养在花园中。这样人们不仅可以摆脱蠕虫、鼻涕虫等生物的困扰，而且它们古怪的行为方式让人觉得非常有趣。比威克告诉我们，纽卡斯尔的牧师J.卡莱尔就曾经养了一只，我相信读者们一定非常感兴趣：

有人给了卡莱尔先生两只凤头麦鸡，他养在了花园里，有一只很快就死了；另一只不停地吃掉花园里的各种虫子，直到冬天的到来剥夺了这种特殊的食物供应。这使它不得不接近房子，而且它逐渐地习惯了所发生的一切，包括房子里的一大家子人。最终，如

第九章　凤头麦鸡

果正好一个佣人拿着灯想进入后厨,凤头麦鸡就会发出它"pee-wit"的叫声以获得一起进去的权利。它很快就和大家混熟了。冬天将近,它已经能深入厨房,但是它需要特别小心,因为屋子的那里通常都住着一只狗和一只猫。终于凤头麦鸡得到了所有家庭成员的友谊,它已习惯天一黑就去壁炉那儿,和它的两个小伙伴一起花上整个晚上互相靠近着坐在一起,分享壁炉的温暖与舒适。很快春天到来,它又回到了花园，然后又到了冬天，它又返回它的庇护所，寻找它诚挚的老朋友。但是朋友们对它的喜爱没有阻止它对朋友们的放肆，它常常享受在狗喝水的碗中洗澡、娱乐，而且任何一个小伙伴打扰到它，它都会表现出极大的愤怒。后来它死了，可怜的家伙，在它自己选择的庇护所中，它吞下地板上的一个东西时被噎住了。在这段时间里它喜欢上了人类的口味，最喜欢的是面包屑。

第十章
毛脚燕

冬天,燕子栖息在温暖的热带地区,在第一个夏天来临的时候向北迁徙。它们通常在4月13日到20日在这里出现,而且在第一天出现就非常有用:它们飞行着把空中的昆虫一扫而空。实际上,它们几乎完全是飞行着生活,除了收集泥巴来筑巢,我们很少能看到它们飞落,甚至在喝水的时候,都是快速地从水面掠过点头蘸一下。

我应该说明一下,英格兰有三种燕子:烟囱雨燕、毛脚燕和岩沙燕。烟囱雨燕和毛脚燕非常惹人喜

鸟儿和它们的巢

爱。它们爱人们的社会，在人们的居所附近筑巢，不毁坏任何人们觉得有价值的东西，也不会去吃水果。它们和谐地生活着，仿佛心中只有快乐、不知疲倦的勤劳、坚持不懈以及最伟大的父母的关爱。

韦尔先生给我们展示了一张燕子生活的图画，四个巢连在一起成为一组筑在房子的一侧，有时候还可能会更多，但是在我们看来已经够多了。让我们把注意力集中在一个单一的巢上，这样，我相信你一定会崇拜这些鸟儿。

而且你一定会赞同我的意见，如果包括男人和女人、男孩和女孩在内的所有人，能够拥有它们的坚持不懈的精神和直面逆境的勇气，那么不论是在学校还是在生活中，都不再会感到挫败，尽管这种情况现在非常普遍。

有些人很喜欢自己的房子在屋檐下甚至是窗户的角落里有燕子的巢。特拉奎尔宅的伯爵就是其中之一，他其实是一个鸟类的狂热爱好者，所有在他房屋

第十章　毛脚燕

上的巢都会受到保护。特拉奎尔宅是一个非常古老的房屋，1839年的秋天，其上有至少103个燕子巢，除了一些巢废弃、损坏或者被麻雀占据了，其他的都被燕子们好好管理了起来。

一个燕子巢筑造大约需要六到十二天，如果一切顺利的话需要的时间可能更短。

让我们来看看这些鸟儿如何筑巢。我们的图画中有好几个巢，再来看看麦吉利夫雷的《英国鸟类》，可以从中找到我们需要的信息。我从这个有趣的作家那儿随意摘抄了一些段落，我年轻的读者们会像我一样感激他的。

现在回到我们的图画中，我们发现了四个一组的巢。"八只燕子5月1日集群来到这里。因为这是一个新的筑巢地点，它们花了一整天的时间查看房檐、窗户的角落和外面的棚屋。第二天一早，没问题了，它们已经筑起了高墙和顶板，朝口向东，马上它们就要修建巢的基础了。它们从池塘旁边堤岸上、小巷中的水坑中获得了合适的巢材。让我们下去看一看。它们来了,平静地飞过树顶,然后下降,几乎扫过池塘的水面。一些燕子立即落下来,另一些转着圈儿掠过,轻盈地转了个弯,仿佛一阵风一般。落下的那些小步小步地走着,四处寻找巢材。另一些燕子好像没有找到合适的泥巴,但它们找到一些稻草,可以跟泥调和在一起。然后它们就迅速飞走了,回到巢这边来。我们看到一只燕子用尾巴抵着墙,或者抵着巢作为支撑,扭动着头把它衔来的泥轻柔地堆积在昨天形成的孔隙中,在慢慢修整那个洞。看,一只燕子在其他小伙伴完成自己的工作前就回来了,带着它的补给。它迫不及待地想赶走其他燕子然后开始工作,但是遭到了反驳,这可怜的家伙只好先飞到别处待上一会儿,清理一下喙上沾的泥巴。现在一只雌鸟完成了它的工作,终于有了一个空余的位置,于是它又回来努力工作。它们落在巢上的时候一直不停地叫着。如果中午天气很热,它们会去到田野上,在池塘里把自己

第十章　毛脚燕

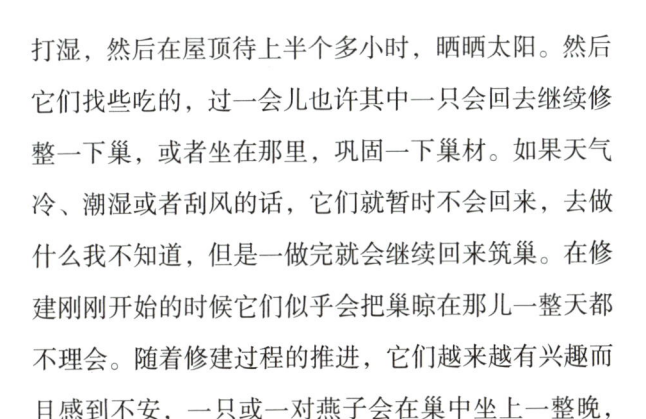

打湿，然后在屋顶待上半个多小时，晒晒太阳。然后它们找些吃的，过一会儿也许其中一只会回去继续修整一下巢，或者坐在那里，巩固一下巢材。如果天气冷、潮湿或者刮风的话，它们就暂时不会回来，去做什么我不知道，但是一做完就会继续回来筑巢。在修建刚刚开始的时候它们似乎会把巢晾在那儿一整天都不理会。随着修建过程的推进，它们越来越有兴趣而且感到不安，一只或一对燕子会在巢中坐上一整晚，尽管有时候天气很糟糕。"

画中四个巢的筑造就有这么多可说的了，现在我想将你们的注意力引向一对燕子的家庭生活，为你讲述它们的愉快与悲伤，这也有可能是那四个一组的巢中发生的故事：

"5月1日的黎明时分，它们开始筑巢了。天气仿佛跟它们作对，非常寒冷还伴着暴风雨。在本月18日之前巢修建完成了。

"看到它们的劳动结束，你一定会忍不住祈祷，

鸟儿和它们的巢

希望它们的巢可以坚挺很多年，因为可以想象它们花了多少精力才将其筑成。但是在6月23日，一场雷雨猛烈地降临，几乎整个巢都被冲落到地面上，一起掉下来的还有里面的雏鸟们。在灾难来临前，我看到成鸟们在上空盘旋，显出异常的焦虑，然而在灾难发生后它们就立即离开了那儿，但是第二天就回来了，一直飞着查看墙的角度。

"第三天一早它们就开始修复那个巢。三天之内就有了巨大的进展，但是又下雨了，工作只好搁置。30日的时候进展十分迅速，两只成鸟都在巢中待了一整夜。第二天它们完成了，然后开始庆祝：它们傍晚一直啾啾叫着直到天黑，互相不停地梳理头部的羽毛，挨着坐在一起，在巢中度过漫漫长夜。很快雌鸟又产了卵，但非常不幸的是，7月18日又来了一场暴风雨，上面的墙掉落，把巢里的一枚卵也带了下来。成鸟们又不停地扇动翅膀，发出最悲伤的叫声。第二天清早它们就开始修补巢的破损，尽管那一整天雨都

第十章　毛脚燕

下得很大。它们把巢的衬里遗留下来的部分和新一层的泥巴融合在一起。情况这么紧急，它们不得不在坏天气里工作。在一天中，一只燕子坐在巢中，另一只在勤劳地工作。雄鸟一直受到配偶亲切的欢迎，它不在的时候雌鸟有时候会细细地啃咬它刚刚堆放的泥巴，给巢进行润色。几天之后修补完成了，天气也好起来，雏鸟孵化出来，一切都很好。

"有的时候巢被损坏以后，成鸟不会试图修补，而是放弃了整个建筑，好像完全灰心丧气了。没有什么比失去孩子更让它们感到悲伤了。在我刚刚提到的那场暴风雨中，另一只燕子的巢也被冲刷掉了，里面还有没初飞的雏鸟。它们被放置在一个篮子中，里面垫了棉花和羊毛，上面盖着一张褐色的纸，面对墙壁放在一扇打开的窗户前。在这一天中以及后来的日子里，成鸟们都没有发现它们，因此善良的人类保护者给雏鸟们喂食苍蝇。那天傍晚他做了一个实验。他温柔地将那些雏鸟放入窗边有其他雏鸟的巢中。傍晚

鸟儿和它们的巢

大约8点钟，雨下得很大，只有雏鸟发出的"唧唧唧"的叫声以及大雨冲刷着窗玻璃的声音。一分钟过去了，成鸟们冲了过来，尖叫着发出警报，一遍一遍地在巢边盘旋，直到最后又飞进暴风雨中。我一直看着它们，直到9点半左右成鸟离开了才离开。在这段时间里，成鸟们鼓起勇气又往巢中看了两次。第二天早上，我非常高兴地看到成鸟们又勤劳地喂养雏鸟了。"

现在我们再回到墙上的连在一起的四个巢上，假设这是7月，羽毛还没长齐的雏鸟和它的小伙伴们一起，张着嘴坐在巢中。你可能很想知道在一天之中它们会得到几顿饭。如果成鸟们从清晨5点开始喂食，直到晚上快8点才离开，那么按照最少来估计，它们一共要喂食一千多次。

随着不停地喂食和精心地照料，雏鸟们在夏天到来以后变得羽翼丰满，而且长得又大又胖，因此巢对它们来说实在太小了，它们必须走向世界，开始它们自己的生活。

第十章　毛脚燕

这是8月的一个轻松、美好的早晨，在大约8点钟的时候，如果向上看那些巢，我们可以看到成鸟们兴奋地冲向它们的孩子们，在空中划出短短的曲线，不停地重复着一个音节，清晰得仿佛鸟儿会说话一般：

就在今天，
你必须离开！
若不用来飞翔，要翅膀何用？
唧唧唧，
不是为了跳！
爸爸、妈妈和邻居都在你身旁。

你应该相信，从巢中飞出来在燕子的一生中是一件大事。让我们将注意力放在一个特殊的巢上：一个只有两只雏鸟的小家庭，但是发生在它们身上的事情却让人难忘。

鸟儿和它们的巢

一只雏鸟在巢的出口处保持着平衡，胆小地向外张望，思考了一会儿风险，然后让小伙伴暂时占据了它的位置。

在这段时间里，成鸟们一直在离巢口30厘米左右的地方驱赶它们，努力做出各种鼓励的姿势，引导孩子们跟着它们飞。第二只雏鸟也在巢口坐了一段时间，好像不太相信自己的能力，退出了，然后又换回第一只雏鸟。它将翅膀打开、合上，然后又一次半倾斜着后退。终于，它下定了决心，螺旋形地飞出巢，用它自己琢磨的方式，拨开天际。它和它的父母欣喜若狂，返回巢中，第二只雏鸟也鼓起了勇气加入了它们。现在愉快的一天得以开启，它们大部分时间都在树顶嬉戏，一直到傍晚7点左右，才全部回到了巢中。

我见过多次，如果雏鸟学飞的时候它们过于胆小不敢离开巢，成鸟就会用邻居成功的例子来引导它们。如果学飞的这一天一切顺利，它们很少在日落之

第十章　毛脚燕

前回巢；如果不顺利的话，它们会回来两到三次。如果雏鸟已经做好了飞翔的准备，又不愿意迈出第一步的时候，这种情况，成鸟会采取一些又巧妙又自然的小策略。雄鸟在距巢口10厘米左右的地方飞着，雏鸟们进行尝试，一次又一次，晃晃悠悠的。还有一种情况是，雌鸟毫无目的地尝试到失去了耐心一般，在雏鸟乞食的时候，用它右脚的爪子抓住一只雏鸟的喙部，想把它从巢中拉出来。然而雏鸟紧紧抓住巢，就像一只松鼠。不过雏鸟们其实都能及时学会飞翔，然后与成鸟一起享受这愉快的假期。

夏天就这样结束了，到9月中旬，伟大的家庭关怀已经结束，雏鸟也已经到了可以承受迁徙之苦的年龄。那谜一样的冲动在它们心中涌动，就像生命一样强烈，简直像是一种执念，使它们从一种气候的一个地区、飞到另一种气候的另一个地区。在这种冲动的影响下，它们大量聚集在一起，每只燕子心中似乎都知道集会的地点——巍峨的建筑屋顶，或是老树没有

鸟儿和它们的巢

叶子的粗壮树干。它们在这里相遇,不仅为了讨论那件大事,还享受在一起的欢乐时光——舒适、慵懒的时光,生动地啁啾地叫着,一起合唱着它们永恒不变的曲子"唧唧唧",吃吃喝喝,为即将开始的旅行做准备。

终于,出发的时刻到来。随着一个信号,它们集体起飞。叫着、唱着,它们向夏日的生活作一个漫长的告别。它们集群飞翔,可能是从苏格兰或是北英格兰飞来,在温暖的南部地区休息几周,之后,向着非洲阳光明媚的大陆再度启程。

尽管它们有着几乎是为长距离飞行完美设计的天赐的翅膀,尽管它们可以连续数月每天都在飞行,燕子们在迁徙途中仍然需要忍受巨大的疲惫。有时候遇到反方向的风,它们上百只一起栖落在船的绳索上。它们过于疲惫或饥饿常使它们被射杀或者残忍对待。但是燕子们在关爱鸟类的人的保护下,勇敢地面对迁徙途中的艰难困苦。来年春天,在同样神秘的本

第十章　毛脚燕

能的指引下，它们找到穿过大陆和海洋的路，回到老家。在那里，它因为一些留在身上的小标记被认了出来，比如一根像袜带的丝线，或是银色的金属环——它被看作熟识的老朋友，非常高兴再一次和大家聚到一起，受到欢迎。有些时候燕子像陌生人一样来到这里验证自己的身份，尽管它们去年的家可能已经和人类的房子一起被摧毁。遇到这种情况，它可能会换个方向飞，并且对这种改变感到悲伤，仿佛没有什么事儿能给它安慰。

虽然燕子会返回老家的事实不需证明，但我想分享一个发生在我的家庭中的巧合来结束这一章。那是一场夏季的暴风雨，在我先生的父母家，一个燕子巢从屋檐上掉落下来，包括那些雏鸟。他的母亲是个对所有鸟类都很友好的人，她将巢和雏鸟放在一扇常开的窗户前，这样成鸟可以来照顾它们的孩子，令人高兴的是雏鸟都没有受伤。很快，成鸟开始喂食，并没试图修建新的巢。就这样雏鸟成功地被养大，当它们

鸟儿和它们的巢

羽翼丰满的时候就从窗台飞走了。

第二年春天,燕子到来的时候,房子的女主人非常惊喜地看到,一群燕子在窗前叫着,好像等不及要进来。窗户一打开,它们就飞进来,兴奋地叫着在屋里绕着圈飞,仿佛认出了这就是去年那个好客的庇护所,然后飞出去,在屋檐下面满意地安顿了下来。这无疑是那些在这儿长大的燕子了吧。

第十一章
叽喳柳莺

叽喳柳莺是莺科大家庭中的一员,它体型娇小,实际上只比鹪鹩大不了多少。跟这个家族中的其他鸟类一样,它是一种过境鸟类。它出现在最好的季节,最早在3月12日到来,比其他莺类早,也待得最久,据说会一直待到10月中旬。

它显然是一种快乐的小鸟,而且作为春天的第一位访客,受到这个国家人们的热烈欢迎。它们亮出美好的嗓音,持续不断地唱着"叽叽喳喳""唧唧啾啾",穿过还没长叶的大树。

鸟儿和它们的巢

它的羽毛是深橄榄绿色，胸部和身体下部是白色，带一点淡淡的黄，尾巴褐色带有淡绿色的边缘，腿是黄褐色的。

叽喳柳莺的巢跟鹪鹩的没有什么不同，都是建在低矮的灌丛中，有时甚至筑在地上。哈里森·韦尔先生给我们描绘了美丽、翔实的图画：它的巢在高草之中，如画的林间小路旁，有着小巧、可爱的结构，是一个中空的小球，由干树叶和草梗组成。巢口是一个圆形的洞，修在巢的一侧，巢上还镶嵌着羽毛，里面还有毛茸茸的舒适小床。我们可以看到，雌鸟正放松地坐在巢中的五到六枚卵上，美丽的白色卵上带有红褐色的斑点。

这个小巧精致的鸟儿，似乎专为快乐而生。它们对人类十分有益，在各地都会受到欢迎，因为它们完全以毛虫和其他破坏性生物为食。伍德说过，它们能保护很多橡树免受毛虫的吞食与破坏，比如橡树蛾这种大家熟知的毛虫，它们用古怪的方式把叶子卷起来，

第十一章 叽喳柳莺

CHIFF-CHAFFS AND NEST.　　　　　[Page 66.

鸟儿和它们的巢

一感到风吹草动就会从它们的绿色房子里仓皇逃出。

我的丈夫写过有关这个鸟的文章：

"吉伯特·怀特一定是因为这种鸟的叫声给它起了'叽喳柳莺'这个名字。在中部地区人们因为类似的原因叫它'chill-chall'，事实上，这个名字对我而言，感觉更像是它们连续哼唱的小调。这种愉快的嗓音是春天回来最美好的信号。在前些年，我们在矮树丛、小山谷或是路边花坛中听到过这样的声音，我们兴奋地抓住这个音节，它们带来了很多过往的快乐场景与回忆。我们看到这些小生灵在刚刚发芽的橡树的粗大树干跳跃穿行。它们不仅对人类非常有用，而且自己也很愉快。它在告诉我们，灿烂阳光、鲜花、甜美的空气，还有上千只其他鸟儿的歌曲就要到来。我们回想那些时光，儿时在树林边或是树荫下的峡谷里追寻鸟儿的踪迹。在隐蔽的低矮灌丛的小树枝间，或是去年的已经发白的葡萄藤中，我们看到它圆圆的巢。当我们检查这小小的圆形巢时，就会发现在其毛

第十一章 叽喳柳莺

茸茸的衬里中放着脆弱的卵,或者是一团毛茸茸"室友",看着它们一眨一眨的眼睛和黄色边缘的嘴巴,那种快乐我现在还记得。有很多次,我待在有遮蔽的林地中,听着它们永远无忧无虑的"叽叽喳喳"的叫声,期望我们也能保有同样的快乐,同样能欣然接受命运的安排。就像卢瑟,在最落寞的时候,敌人围绕着他,诽谤和冤枉追随着他,这时一只鸟儿来到它窗前,站在粗壮的树枝上唱着快乐的歌:感谢上天给他上了这一课,永不泄气的"叽叽喳喳"。叽喳柳莺从不会因为自己的渺小而觉得沮丧。充满活力而且多姿多彩的生活,多种多样且活泼的鸟儿,它们跟小伙伴们一起扫过天空,或是待在喜欢的角落里,不扰乱自己的乐趣。它们似乎能够用自己的两三个简单的音节,传达出一种坚不可摧的满足,就像路德维格·蒂克笔下德国故事中老妇的鸟一样——

独自在林间,多么快活,

鸟儿和它们的巢

这里宜居安逸,

明天如同今日,

直到永远,

哦,我喜欢在这儿生活,

独自在林间,多么快活!

这只小鸟好像可以感受全部的内心力量,然后倾注于它的小调之中,在我看来仿佛在说:

"我在这儿,我要歌唱欢乐,一直歌唱,一直歌唱!"

第十二章
戴 菊

戴菊的学名是 *Regulus regulus*，它是英国最小的鸟类，比威克把它称作"快乐的神话之鸟"。它是庞大的莺科家族中的一员，与鹪莺是近亲。这是一种非常美丽的小鸟，歌声甜美悦耳，有很多古灵精怪的地方，值得每个人去关注与喜爱。

它非常活泼、好动，总是处于一种兴奋状态，扇着翅膀从一个树枝飞到另一个树枝，在树干上跑上跑下，寻找它们赖以生存的昆虫。我们常常会看到它们就像天花板上的苍蝇那样，背朝下站在树干的下面。

它们不停地跑动，时刻保持警觉，无与伦比得快乐而匆忙。它体长大约七厘米，不算羽毛的话还会更小。但在这小小的身体和小小的头脑中，生长着大量令人惊叹的特征。如果不是我说出来，你一定很难相信，它们有着非常强烈的自负与傲慢。

　　戴菊整体是一种发黄的橄榄绿色，身体下部色浅，白色略微发红，两边带有淡淡的绿色，翅膀的飞羽和尾巴都是暗黑色，边缘浅绿。大自然如此打扮它，是因为造物者关心他所有的生命，这种小鸟在夏季枝繁叶茂的树上移动、飞翔都很难与树区分出来，因此大多数人对这种鸟都不熟悉。而它的雄鸟却有一个识别特征令其感到荣耀——金色的冠羽，在每一侧都有黑色的边界，就像它明亮的绿褐色眼睛上的眉毛。它的冠羽赋予了它与众不同的名字，且与它的快乐密切相关，当它尽享生命的欢愉，或是在是它体型十倍的鸟类面前，都会炫耀它的冠羽。

　　戴菊值得那些人花些时间，那些热爱自然界原住

第十二章　戴菊

GOLDEN-CRESTED WRENS AND NEST.　　　[Page 70.

鸟儿和它们的巢

民、不想伤害它们的人。他们可以在一个夏日深入林间，观察树枝间的这种活泼的小鸟。冷杉林很适合观察它们，因为戴菊对这些树有着特殊的喜爱。你只要倒数十个数，很耐心而且保持不动，很快就会看到它们正忙着觅食，忙着在树枝上跑来跑去，从一个树枝跳上去再从另一个树枝跳下来，像箭头一样跳到另一棵树，掠过那些树枝。然后它又回去，上上下下，一圈一圈环绕着树干，像一团火，它的动作这么快，一会儿又跑到高处，一会儿又头朝下吊着，一会儿又向另一个方向飞下来。在这个小小的身体里有着多么奇妙的活力啊！它必须狼吞虎咽地吃下上百只昆虫，还可以在粗糙的树皮鳞片下面搜寻昆虫的卵，然后吞掉。

哈里森·韦尔先生的画中，戴菊和它的巢都这么美丽，他描绘的图画非常准确，戴菊配得上它。它的巢在树枝上像吊床那样摇摆，总能被树叶或冷杉的球果隐蔽起来。用来悬挂的绳索是它自己编织的，使用的材料与巢材相同，都是苔藓和细长的线状根系。巢

第十二章 戴 菊

是卵形的,就像你看到的那样,侧面有一个洞作为出入口,里面嵌着柔软的绒羽和纤维状的根。它的结构小巧可爱,像一个柔软的苔藓球,雌鸟在里面产下六到十二枚卵,它的卵仅仅比豌豆大一点,那脆弱的壳完全禁不起触摸。卵是白色的,上面洒满了最小的暗色斑点。

杰西先生描写了一个可爱的戴菊巢,他在冷杉树修长的树枝上发现了它,巢本来是靠纤细的绳索悬挂在那里的,一圈又一圈缠绕着固定在树枝上,然后另一端固定在巢的边缘。制作和固定这些细小的绳子可能是这些聪明的工匠的第一项工作。巢因为悬挂着,所以会随着鸟儿的运动来回地摇摆。我们往往看不到悬挂鸟巢的细长绳索,因为它们常常隐藏在浓密的树叶下面,但我们可以清晰地看到巢构造是多么精巧。

戴菊如此的美丽、可爱,它们生活快乐、人畜无害,像我所说的那样它们具有很多稀奇古怪的特征。例如,戴菊虽然这么小,身体只有一点点长,但

鸟儿和它们的巢

它们有一种特别的自负，乐于当别的生物的主人或统治者，不允许别的生物与它争论，可能是因为它们觉得不值得争论，或者是因为它们有一种内在的统治者的气质。它们在某些情形下会谋划着如何统治其他生物。为了证明这一点，我将告诉你J.G.伍德牧师从他的一个女性朋友那儿听来的故事。在一个严酷的冬天，她喂养了很多鸟，有一只寒鸦、一只喜鹊、两只云雀、一只金翅雀和一只欧亚鸲，那是一个温暖的鸟舍，她定时给它们投喂大量的食物，鸟儿们都过来享受这美食的盛宴，其中也有两只戴菊。这小家伙不仅特别自在好像在家里一样，而且可能还用最极端的方式统治其他鸟。比如，寒鸦得到一小块食物，正用脚抓着，吃得津津有味，戴菊的心思也在那块食物上，它就跳到寒鸦的头上啄它的眼睛，同时准备好用脚抓住食物。这只可怜的寒鸦立即抬起脚伸向自己的头，觉察到那里有什么不对劲儿，而它调皮的小伙伴抓起食物就飞走了。一开始寒鸦非常愤怒想去追戴菊，但

第十二章　戴　菊

是很快它就发现那没有用,戴菊只会跳到它的背上,这使它毫无办法,所以为了免受这样的"惩罚"还是算了吧。"冬天结束以前,"这位女性接着说,"戴菊就成了所有鸟儿的统治者,甚至夜间在其他鸟的背上栖落,无疑,这样它们的脚要比站在栖木上暖和很多。"

　　它们自负而又盛气凌人,然而,这些小鸟可能

鸟儿和它们的巢

又是那么的胆小,或者它们的神经系统特别脆弱,一个突然的惊吓就能杀死它们。如果它们都在树枝上警觉地寻找昆虫,而这个树枝突然被棍子敲打了一下的话,这可怜的鸟儿可能就会坠落而亡。它是被吓死的。它看起来没有明显的受伤,一片羽毛都没有因为惊吓而竖起,但是它快乐、无辜的生命却一去不复返了。这个观点由吉尔伯特·怀特提出,由我丈夫做了证明:他把那只鸟的尸体给我带回家了。

第十三章
鹡　鸰

　　这种优雅的鸟属于鹡鸰科（Motacilla）。我们国家一共有三种鹡鸰：白鹡鸰、灰鹡鸰和黄鹡鸰。白鹡鸰是最常见的，而且我们的朋友哈里森·韦尔先生给我们描绘了一幅它们在家时的图画，在岩石的裂缝中，新鲜的地衣叶片、绿色的蕨类植物，都会将它们遮蔽起来。旁边是巍峨的山峰，下方是潺潺的流水，伴着泡沫，永不停歇。

　　这种鸟因为它的拉丁名衍生出很多别名。萨里郡的人们一般叫它洗衣者或是洗碗者，因为它们奇怪的

鸟儿和它们的巢

走路姿势，使人们觉得跟盆边洗衣服的妇女很像。白鹡鸰的颜色只有黑色和白色，但是这种明显而清晰的搭配给人制造了一种很愉快、很优雅的效果。

每年我们的花园里都有几只鹡鸰，给花园增加了一种欢乐的气氛。它们踱着步子，点着头和尾巴，仿佛在家里一样自在，一点也不怕猫和狗，更不用说人了。花园的一边流淌着的一条溪流，对它们来说无疑很有吸引力，但是它们更加频繁地出现在割得平整的草坪上，在那里它们可以捉到小型昆虫，顺畅地滑翔，伴随着头和尾的快速动作。

这是一个异常寒冷的严冬，它们都聚集在厨房门口，那里有各种各样的美食正在吸引着它们。它们比麻雀、欧亚鸲和乌鸫更加大胆、更加自来熟，但它们都是我们这儿的常客，在我们吃饭的时候，它们像平常一样也在客厅的窗前吃早餐的面包屑。它们轻轻地飞走，几乎没有声音，而一只猫的出现将它们全部驱散。它们有着对人最原始的恐惧，这是一种印记，是

第十三章 鹡鸰

WAGTAIL AND NEST. [Page 76.

鸟儿和它们的巢

一种像生命本身一样强大的力量。鹡鸰总是很多疑，一直扇动着翅膀：没有什么能干扰它这种我行我素的状态，除了当园丁将新鲜的土壤翻起来，它认为是专门给它找的虫子被欧亚鸲衔走了的时候。

现在我给你看一幅鹡鸰的图画，它来自一双写实的手（《英国鸟类》）。7月末的时候，年幼的鹡鸰跟它们的父母一起外出，就像人类家庭每一两个月就要出去度假一样。"经常可以看到，"他说，"它们涉足浅浅的水洼，寻找昆虫或蠕虫，小心地高举着尾巴以防跌进水里。如果你看到一只个体过来加入到大群之中，你就会观察到它突然飞落，发出它们那种尖锐的叫声，站在一块小石头上不停地抖动着身体，然后猛然间亮出尾巴。"这就是一只陌生的鹡鸰向朋友们介绍自己的礼貌方式。在那儿，现在它们走进水里，四处寻找食物。然后它们又到了岸上，快速奔跑，不停地抓着虫子，不停地展开它们喜欢抖动的尾巴。它们又去到旁边的牧场，每只鹡鸰都渴望飞翔，此起彼落

第十三章 鹡鸰

不停。鹅群懒洋洋地在吃草，它们允许鹡鸰从它们中间穿过，并不受其打扰。吉尔伯特·怀特说，当牛在成群的蠓或其他昆虫中吃草的时候，它们非常欢迎鹡鸰，把它们当作恩人，尤其是牛踩过灌丛，唤起的大量的昆虫落在它们的腿上、肚子上甚至是鼻子上的时候。观察它们非常值得，看，一只鹡鸰往前跑抓住了一只小苍蝇，转向另一边抓住了另一只，猛冲向右又抓住了第三只，然后螺旋形地飞向空中抓住了第四只。这段时间里，其他鹡鸰也四处跑着抓苍蝇，飞到牛的鼻子旁边，或是在它们的腿之间。所有的这些跑来跑去，这儿和那儿，它们总是到处乱跑，跑着跑着就跑到别人的路上去了。但是它们从不争吵，因为这个世界上给予了它们足够的空间。其实牧场上现在看起来满是鹡鸰，它们都很匆忙，有的在踱着步子，有的在奔跑，有的飞起来，还有的刚刚到来。你可以走进它们当中，它们不会特别害羞，允许你靠近它们到还有几米的距离。它们会在退潮的岸上或牧场上相

鸟儿和它们的巢

遇，你可以在河边或者水闸见到它们。偶尔你还可能会看见它们栖落在在屋顶、一面墙或一块大石头上，但很少会在树上或灌木上见到它们。

它们在4月中旬配对，将巢筑在岩石的缝隙中，正如我们的图画中那样，在一堆石头上，柴捆或木堆中，或者墙上的洞里，但是往往靠近水源，一般会小心地避开人类的视野。巢由干草、苔藓、植物细碎的根系构成，镶嵌着厚厚的羊毛和头发。卵一般有五到六枚，灰白色上面布满了灰色和棕色的斑点。为了证明这种鸟自信的天性，我不得不提到，有些鹡鸰筑巢的地点非常不可思议，它们几乎将巢筑在人的眼皮底下："去年夏天，"杰西先生说，"一对鹡鸰将巢筑在布莱顿火车站的卧铺下方的洞中，离终点站很近。一天之中总有火车靠近它们的巢，就在这样的情形下雏鸟被孵化、抚育长大。"麦吉利夫雷先生也说过，一对鹡鸰将巢筑在了采石场旁边的古墙上，四个工人一天中的大部分时间，就在距巢几米远的地方开采石

第十三章 鹡鸰

料,而且时不时得进行爆破。雌鸟产下四枚卵,抚育它的后代,它和它的配偶已经对采石工人非常熟悉了,它们飞进飞出,没有表现出一点儿害怕;但是如果一个陌生人靠近它们就会立刻飞走,而且直到看见那个人离开它们才敢回来。还有一对鹡鸰把巢筑在煤窑的木头平台下面,那里的工作十分喧闹,需要从窑里往矿车上运煤,而且是个持续性的工作。但是很快鹡鸰就感到家一般的自在,跟煤矿工人和其他参与此项工作的人熟悉起来,飞进飞出毫无惧怕。还有一对鹡鸰把巢筑在了陶顿一家黄铜厂的车床的轮子旁,一直处在铜匠们发出的嘈杂声中。雏鸟就在这里被孵化出来,雌鸟已经完全熟悉了工人们的面孔,不过如果陌生人或是工厂里的其他人进来,虽然它不至于报警,但是会立刻离开巢,直到那些人离开才会回来。然而雄鸟没有那么自信,它不敢进入巢,而是把日常的食物供给放在屋顶上的某个地点,让雌鸟去那儿取。所有这些逸事都能证明,如果人类不再做鸟儿的毁灭者，动物和人类之间的关系该是多么有趣啊。

对于这种特殊的鸟类来说，不仅外表优雅，它们的一切都是友善且富于吸引力的。"它们对后代非常体贴，"比威克说，"雏鸟出飞以后，它们仍然要给雏鸟喂食并训练它们。当危险来临时，它们勇于保卫雏鸟，或者用一些把戏努力将敌人引到一边。它们对巢也照顾得很周到，整理得井井有条，会把纸片、稻草的轻薄的垃圾移除——那往往是人特意做的标记。"这些都是有关它们爱整洁的证明，但我认为这是它们睿智的象征，对察觉危险的敏锐。比如它们对一些想要观察它们的人类来访者充满怀疑，因为不确定那些人是否友好，但如果它们认为没问题，就会放松对他们的警惕。

鹡鸰平时的叫声是一种"cheep, cheep"的音节，在报警时叫得更加急促。在夏日的早上，你可能会听到一曲愉快、流畅的吟咏之歌。像燕子一样高雅，它们只吃昆虫。如果你站在鹡鸰经常出没的水边，静静

第十三章　鹡　鸰

地待几分钟,你可能会因为它们优雅而有活力的动作感到高兴。"它们站在那儿,"一个朋友说,"在一块石头上面,轻轻摆着尾巴,好像在保持平衡。一只昆虫飞近,它猛冲过去在空中扑扇了几下翅膀,就抓住了猎物,然后在另一块石头上吃掉,展开、摇摆着尾巴。它又进行了另一次出击,转着圈飞了一会儿,抓了两三只昆虫,在地面上方滑行,然后迂回到另一个方向，最后又站在山顶上。"你可能会在屋顶或是乡间小路上见到它们追逐昆虫，但不会太常见。

第十四章
寒 鸦

我们把秃鼻乌鸦和寒鸦看作表兄,它们的关系非常近,仅仅在个性上有些差别。秃鼻乌鸦比较凝重、庄严,寒鸦比较活跃,总是充满乐趣。它们都喜欢对方的地盘,并且在一年的九个月里交好,剩下的三个月它们都忙于各自的家庭生活。

秃鼻乌鸦把巢筑在树上开放的空间里,将一窝雏鸟暴露在所有的风雨天气之下。寒鸦不赞成这种模式,它们喜欢居住在遮蔽物下面,因此它们把巢筑在岩石的洞或裂缝里,就像我们图中的那样,或是筑在

鸟儿和它们的巢

古老的高大的建筑里，比如教堂的尖塔、老旧的已损坏的城堡，或是中空的老树中。寒鸦的巢传统的结构与秃鼻乌鸦的相同，用小木棍搭成的牢固框架，卵可以产在上面，然后吵闹的寒鸦幼鸟被慢慢抚养长大。这一点我们的朋友韦尔先生描绘得非常清晰。但是寒鸦毕竟不懂太多的科学知识，它们虽然很敏捷，但是将小木棍塞进洞里仍是这个工作中最难的部分。寒鸦尝试完成几乎不可能的工作，付出了无尽的努力、承担了巨大的痛苦。沃特顿先生通过观察它们作为消遣。将小木棍放在洞中作为巢的基础是非常必要的，它把小木棍拿到开阔地，就是那种秃鼻乌鸦在开放巢中使用的小木棍。我们可能会看到它们花掉一刻钟的时间，试图将一个小木棍放到一个洞里，它一直都衔着木棍的中间，想使木棍的两端支撑在洞的两边，但努力都是徒劳。它不明白到底怎么回事，它知道木棍应该插进洞里，但是这有一个木棍却放不进去。最后它十分疲倦，觉得有些木棍可能就是放不到洞中去，

第十四章 寒 鸦

JACKDAWS AND NESTLINGS. [Page 82.

所以它扔了这一根，又找来另一根，可惜也没有得到比之前更好的结果，这样的过程可能会重复很多次。但是寒鸦是不屈不挠的，经过了一次又一次的尝试，它找到了一些不那么"自我"的木棍，长度合适而且放入的方法适宜，终于将其放入了洞中，基础搭建完成。然后工作中比较容易的部分就愉快地进行下去。因为寒鸦会不计一切地为孩子们的小床准备床单和毛毯，尽管我们没法从画中看到，这些吵闹的雏鸟都在躺床沿上。但是如果查看一下的话，我们发现的东西很可能会觉得非常有趣。寒鸦为了达到这个目的，拿来各种柔软的东西做准备——我们不该说"拿"，应该说"衔"。与麻雀类似，它们喜欢人类的社会，收集人类周边环境中的它们需要的、能给雏鸟增加舒适度的东西。我们还听说，有一个巢筑在圣十字架教堂的废墟里。巢的里面能看到一块蕾丝布，还能发现巢上镶嵌着一段精仿毛料的长筒袜、一块丝巾、一个儿童的帽子、一条棉布装饰边和一些其他东西，这些都

第十四章 寒 鸦

是忙碌的寒鸦通过各种渠道捡来的,因为它也是喜鹊的表兄,众所周知喜鹊有一种"偷窃癖"。

寒鸦的叫声比秃鼻乌鸦更急促也更生动,有点像"yak"的发音,比较多变,有时候重复得很悠闲,同时也很愉快。它们的食物和秃鼻乌鸦相似,一般它们在黎明时分就出发,去牧场或是犁过的田野,忙碌地搜寻着幼虫、蠕虫、昆虫等食物。它们优雅地行走,不像秃鼻乌鸦或渡鸦那样庄重、严肃,有时候还会看见它们奔跑,还有时候能看见几只在一起争吵。

像秃鼻乌鸦那样,寒鸦也把食物藏在嘴里或嗉囊里喂养雏鸟。它的羽毛是黑色的,头部的后面是闪着银光的灰色。偶尔会有带有白色斑纹或斑块的寒鸦或秃鼻乌鸦,但这些仅仅是大自然的玩笑。

沃特顿先生认为寒鸦整年都是成对生活的,因为他曾在11月看到在美国梧桐没有树叶的枝干上,一对挨着坐在一起的寒鸦,互相整理头部的羽毛,明显非常相亲相爱。而且它们总是一同离开那棵树,一起回来，因此他倾向于认为寒鸦习惯于一直保持配对的状态。

现在我准备给你看看，来自麦吉利夫雷所著的《英国鸟类》中寒鸦的"名片"。"它是一个非常活跃、俏皮且健谈的小家伙。它从来都很快乐，总是保持警觉，随时准备好工作或嬉戏打闹。它不像凝重、睿智的渡鸦那么体面，但是它至少是这个家族中最愉快的，而且也异常喜欢社交。它不能满足于只和自己的伙计们待在一起，它常常会挤在一群秃鼻乌鸦之中，在冬天它们甚至会直接占据秃鼻乌鸦的住所，完全跟它们厮混在一起。"

说起它们挤进一群秃鼻乌鸦之间，我觉得，其实秃鼻乌鸦也非常欢迎它们。我们怎么知道带着严肃与庄重的秃鼻乌鸦能从聒噪的寒鸦身上发现什么乐趣呢？米迪先生的观察已经证明，秃鼻乌鸦很喜欢寒鸦的社群。他说："在这个季节的后半部分，秃鼻乌鸦从英国最大的群栖地出发，做日常的短途旅行，去到

第十四章 寒 鸦

大约一公里外的温暖海岸。它们途中会路过一个很深的峡谷，阳面落着很多寒鸦。只要秃鼻乌鸦的叫声传到山谷，本来沉默、安静的寒鸦立即发出它们尖锐的音节，然后飞起来加入了秃鼻乌鸦的队伍，两拨儿队伍都非常大声地吵闹着，仿佛互相欢迎对方。而当秃鼻乌鸦返回的时候，寒鸦仿佛因为友谊而陪伴着它们飞越峡谷，然后它们叫着告别，寒鸦又回到它们家，秃鼻乌鸦继续前行。"

寒鸦，像秃鼻乌鸦一样，据说是极好的天气先知。如果它们在午前或是下午很早就飞回到它们的栖木上，那么暴风雨就会在傍晚或第二天清晨来临。

温驯的寒鸦有很多逸事。J.G.伍德牧师曾说过一件事，一只寒鸦学会了划火柴的方法，因此成了一个危险的"犯人"。当人们都在床上熟睡的时候，它忙着划火柴。还好比较幸运，除了点燃了厨房的炉火以外，它没做出更糟糕的事情，好在厨房的炉火就算彻夜燃烧也不会怎么样。它确实很聪明，然而还是没

鸟儿和它们的巢

有学会如何分辨火柴可燃的那头，它只是不停地摩擦直到碰巧用对了。最初它也被爆裂声和冒烟的硫吓到了，而且还烧伤了自己。然而和玩火被烧伤的孩子不同，它后来并不怕火，因此也没有停止这个危险的把戏。

寒鸦非常容易被驯化，它能伶牙俐齿地学习单词和句子，最有趣的就是它的鸣和滑稽表演。

第十五章
斑鹟

这种美丽的小鸟还被称为"柱子"或"柱子鸟",这个名字源自它们筑巢选择的地点。它们一般都在花园里筑巢,选择墙上突出的石头、柱子的一端或是一块木头,再就是低矮的屋顶下,或是门的旁边。但是它们的巢一般会被一些可爱的攀缘蔷薇的叶子,或是生长在那里的忍冬或西番莲花遮蔽起来,带着一点点如画般的美丽。

去年夏天,我对一只这种熟悉的小鸟进行了观察,尽管它看起来常常处于恐惧之中,但它一定很喜

鸟儿和它们的巢

欢人类社会。它把巢筑在阳台上，周围有茂盛的五叶地锦，就在我们的房子背后。

因为特殊的偏好，这只雌鸟几乎就把巢筑在门廊里，尽管另一边几米远的地方就是阳台，但是这里有一个方便的壁架，形成了一个直角的支撑。那里有一个像我们的画中那样的、小小的有些扁平的巢，把干草、苔藓美丽、轻巧地编织到一起，上面还镶嵌着羊毛和头发。雌鸟在这里产下了四到五枚灰白色的卵，上面带有锈红色的斑点，然后它就在这里养育后代。然而，在我们看来，它可能度过了一段不太舒服的时光，因为尽管我们小心翼翼地避免对它不必要的打扰，尽量不使用这扇门，但还是很难避免来来回回路过那里。它看起来不太习惯，我们一进入它的视线它就会扑闪着翅膀离开巢一会儿。其实它坐巢还没结束时，快速生长的五叶地锦就带着宽大的叶子将它的巢完全地遮蔽了起来。如果不是因为它自己胆小飞走，我们可能都不会得知这个巢的存在。

第十五章　斑鹟

SPOTTED FLY-CATCHERS AND NEST.　　[Page 86.

鸟儿和它们的巢

哈里森·韦尔先生画的这个巢，无疑来源于生活。我多么希望他曾经见过我们房子的这个巢，离地面只有三米高的小小的爱的穹顶，在嫩芽、藤蔓和卷须的遮蔽下——一个完美、理想中的巢。我们的朋友有着和其他艺术家一样的对自然美的敏锐感觉，自己也对此乐在其中。

斑鹟的颜色不太引人注目：身体上半部分是棕灰色，头部有褐色的斑点，颈部和胸部带有灰褐色的条纹或斑点。这是一种迁徙鸟类，大约在5月中旬或下旬到达英国，在这里陪伴我们直到10月中旬离开，因为到那时候它们的主要食物——苍蝇基本消失了。

斑鹟飞行捕食的模式很有趣。它会坐在一个小树枝上保持完全静止，当昆虫出现时它就猛冲或滑翔过去，就像画中的那只鸟一样，抓住昆虫，并发出咬食的声响。然后它会回到它的栖木上，为下一只昆虫的出现做好准备。它不停地冲出去，再回到相同的地点，直到吃饱了，或是离开这里飞到另一个小树枝

第十五章 斑鹟

上,去做相同的事情。

当它们有了后代,仅仅一个小家庭消耗的苍蝇数量就让人感到震惊。有个例子曾记录过(麦吉利夫雷,《英国鸟类》),一对斑鹟从清晨6:40到6:55左右开始饲喂雏鸟,它们一直为此努力,直到晚上8:50左右观察结束,给雏鸟提供苍蝇等食物至少537次。这个事件的观察者说道:"它们在喂雏鸟之前会飞落在一棵树上,待几秒钟,然后环顾四周。猝然一动,它们往往已经抓住了正在飞的昆虫。有时候它们飞上空中,像箭头一样落下;还有时候它们像鹰一样盘旋捕猎。斑鹟会将任何靠近它们巢的精力旺盛的小鸟赶走,仿佛命令它们回到自己的地盘去捕猎,而它们的巢附近往往有大量的昆虫。有时候它们仅用喙带回一只苍蝇,但有时会是好几只大小不同的苍蝇。"

这种鸟十分依恋特定的地点,尤其是它觉得那里方便居住而且不受打扰的时候。米迪先生在他的《羽毛部落》中提到:"一对斑鹟在他的花园里筑巢,连

鸟儿和它们的巢

续待了十二年之久。"我不知道一只斑鸫的寿命有多长，但是那很有可能，即使不是最初的鸟儿，也一定是它们的后裔吧——它们在哪里孵化，哪里就是家。J.G.伍德牧师也说过这种鸟曾经连续二十年选择相同的地点筑巢，而且他认为是后代继承了它们前辈的家。他还描述了一个有关斑鸫筑巢的有趣故事。他说雌鸟一般都是活跃的筑造者，起初它将一捆细草放在一个合适的树杈上，然后又去采集了一些，它将这些草抖松，然后坐在了草的中间，一圈一圈地旋转身体，将其塑成杯状。接着它取来了更多的草，一部分用来将巢的边缘弄圆滑，一部分放在巢底部，并不断重复旋转的工序。最后它把一些毛发和一些苔藓卡在巢上再整洁地编织上去，可以说它把毛发和植物的细根当作线，将苔藓固定在了巢上。

　　米迪先生也谈到过斑鸫筑巢，他说有一个巢引起了他的注意："一只斑鸫在一个星期二的早晨7点钟开始筑巢，在星期五下午及时地完成了。"这真是快

第十五章　斑鹟

速的工作。亚雷尔先生认为是雄鸟将巢材找来递给雌鸟，雌鸟再用它们来筑巢——这也是米舍莱笔下一个公认的事实——然后在雌鸟把巢速成一个初步的形状之后，它向后移动，用喙把长的毛发和草编织进去，然后在巢周围走来走去——如果条件允许，它会在巢边上转圈。像我们房子里斑鹟的巢和画中的巢都像是一个靠墙的小床，在那样的情况下，有些时候巢没有背面，衬里也十分简单。它们最喜欢筑巢的地方就是墙上半块砖大小的洞，那是建筑工人固定脚手架圆材的地方，修建完成时他们省略了对其的填充。在这样的隐蔽处，斑鹟的巢填充了那个洞的整个正面。从这些例子来看，我认为已经明确了，斑鹟的筹划都是受到来自环境的指引：只有一点，它的小家一定是舒服的。

第十六章
斑尾林鸽

斑尾林鸽,是我们最熟悉、最有诗意的鸟类之一。它低沉、哀伤的"咕——咕——咕——"的叫声是夏天林地中最令人愉快的声音。

"告诉我,告诉我,斑尾林鸽,你为何永远幽怨,
颤抖的声音传遍树林,带着你神秘的悲伤?
'我并不幽怨,'林鸽说,'我在歌颂生命给予者的高尚,
用我所知道的最好的方式,低声诉说着我的爱。'"

鸟儿和它们的巢

　　斑尾林鸽属于一个鸟类大家族，鸠鸽类。这类鸟最早在《创世记》中就被提起过：当诺亚正在因为方舟的大小有限，而看不到山顶的时候，他从方舟上的动物中进行选择，第一个是渡鸦，第二个是鸽子，让它们上前去看一看，回来给他汇报地球的状态。然而渡鸦再也没有回来，无疑，食物引诱它留了下来；而鸽子因为没有找到落脚的地方所以回来了，诺亚把手向前伸出来，把鸽子收了回来；后来他又把鸽子放出去，傍晚鸽子回来了，看哪，它的嘴上衔着扯下来的橄榄枝。第三次被放出去，鸽子再也没有回来。因此诺亚向外看，注视着大地，发现已经干涸。他和他的家族，以及所有的生物，继续前进并掌控了一切。

　　斑尾林鸽很可能跟岩鸽的亲缘关系很近，它们是英国，或至少是苏格兰北部的土著居民。这些信鸽比电话的发明，甚至是邮局的建立都早很多，曾经是通讯的手段。阿克那里翁，希腊诗人，说到斑尾林鸽是被用来传送信件的，它有两个家分别给它们喂食。一

第十六章　斑尾林鸽

个家的朋友将一封信绑在它的翅膀上，它可能还没吃早饭就飞上天空，一到达它那个遥远的家，收到信件使那里的朋友非常高兴，就赶紧给它喂食，奖赏它的努力。在准备回信的时候它可以休息一下，然而过不了多久它又饿了，但是那个朋友并没有给它更多的食物，就把回信固定在它小小的身体上。它又被放飞，想要加快速度，因为它正期盼着它的晚餐呢。因此，回信也飞上了天空。

> 来这里，我的鸽子，
> 我要写信给我的爱人，
> 由你来帮我把信寄给他吧！

古老的歌谣这样唱着。据说曾有一个希腊奥运会的金牌获得者在获胜的那天，通过信鸽将胜利的消息传递给住在远方的父亲。罗马的历史学家普林尼也曾提到当他们正遭到包围时放飞了这些长着翅膀的信

鸟儿和它们的巢

WOOD-PIGEONS AND NEST. [Page 92.

第十六章 斑尾林鸽

使,它们劈开天际飞到一个安全的高度,避开包围的部队,将情报传送给远方的朋友。据说十字军战士在耶路撒冷保卫战中也用了信鸽。老旅行家约翰·曼德维尔爵士,《骑士、武士和朝圣者》的作者,曾在爱德华兹二世和三世的统治时期远到中国附近去旅行,他提道:"在那些国家,鸽子在必要的时候可以从一个国家飞到另一个国家请求援助,信件会被绑在它们的脖子上。"

关于信鸽就说这么多吧,让我们回到斑尾林鸽。它们会在夏日的林地孵卵,哈里森·韦尔先生真实地表现了这个画面。它不算特别善于筑巢。

一些木棍穿插着,

没有一点苔藓,

它把卵产在老橡树的枝杈间,

咕——咕——咕——

它说这样能行,

鸟儿和它们的巢

它非常快乐,尽其所能。

然而,这样的巢已经完全能满足雌鸟的需求。你可以看见它在两枚白色的卵上舒适地坐巢。它的配偶不一定会帮它筑巢,但是雄鸟肯定是一个好丈夫,它和雌鸟轮流孵卵。所以不管巢由谁搭建,孵卵是它们平均分开而承担的工作。

华兹华斯发现了这种鸟低调的家庭情感,他写道:

> 我听到野鸽的歌唱与倾诉,
> 歌唱它这一天的家庭故事,
> 它的声音掩埋在树林之中,
> 却又被清风带来,
> 它不会停止,不停地咕咕叫着,
> 带着些许忧郁求爱,
> 它歌唱的爱情安静地交融

第十六章　斑尾林鸽

慢慢地开始，永不停歇，

歌唱严肃的信仰和内心的欢愉，

就是那首歌，为我歌唱。

斑尾林鸽的胃口很大，它喜欢所有种类的谷物，包括豌豆和蚕豆，而农夫正带着不悦看守着这些庄稼。然而，斑尾林鸽也很喜欢那些令农夫非常烦恼的杂草——比如野生芥草，为了奖赏它们做的好事，农夫会允许它们吃一些庄稼。它们还喜欢幼嫩的苜蓿和嫩绿的芜菁叶子，包括芜菁本身它们也很喜欢。不知是本能还是经验，它们学会了如何在这样的耕地中觅食才能降低人类的不满。《苏格兰高地上的野外活动》的聪明的作者说道："当它们在田野中觅食的时候，会在最开阔、暴露的地方，不允许任何天敌靠近它们。看到一大群斑尾林鸽在大地上搜寻谷物是非常有趣的。它们整体一起走着，这使它们看起来都很相似——在最后面的个体不时地飞越小伙伴的头，到最前面去，在那里占据最好的位置一两分钟，直到在它后面的个体又占领了它的位置。它们在整个觅食期间一直保持这种合理的队形。它们还吃野果子和各种浆果，比如花楸树或者常春藤的果子；在有大量橡树籽的地方，比起其他食物它们好像更偏爱橡树籽。坦白讲它们还是我的樱桃树的劲敌，它们会尽可能吞下大量的樱桃。草莓也逃不过它们的嘴，它们从农作物中获得的食物是非常惊人的。"

除了人以外，斑尾林鸽还有自己的鸟类天敌。"在冠鸦大量分布的地区，"刚才我引用的作者还说，"它们的卵在浅浅的、不牢固的巢中闪着白光，很容易被冠鸦发现。雀鹰会抓它们长到半大、肥嘟嘟的雏鸟，它日复一日小心翼翼地关注那个巢，仿佛在等待那些雏鸟长到味美适口的时候。而更大的鹰可能会直接捕食可怜的斑尾林鸽成鸟。"

斑尾林鸽在树林里快乐地咕咕叫着，抬着头挺着胸，得意地大摇大摆——带着它所有的雀跃和风度，

第十六章　斑尾林鸽

用它的翅膀升到天际,用咕咕声向它的配偶表达它的喜悦,它的生活多么无忧无虑啊。它一直保持着机警,因此,它总是在观察有没有危险,完全没法尽情酣睡。在夜间,最小的干扰也能将它们唤醒。"我常常,"这位作者接着说,"在斑尾林鸽栖落的时候试着靠近那些树,但即使在深夜中它们也会开始报警。可怜的斑尾林鸽没有其他的抵御天敌的措施,所以它只能时刻观察着,永远睡不踏实:即使是最小的天敌,它也没有能力去跟它们打斗。"

吉尔伯特·怀特说斑尾林鸽的数量已经大为减少了，现在汉普郡塞尔彭只有百十来只，但是以前种群数量十分巨大，周围的地区也是一样。上千只斑尾林鸽像秃鼻乌鸦那样穿过早晨和傍晚的天空来到聚集地，傍晚它们突然从栖落的树上飞起来，一起冲向天空的时候，扑扇翅膀的声音就像遥远的雷声一般。

尽管人们认为斑尾林鸽是家鸽的祖先，但是它的雏鸟，即使是很小的时候就从巢中拿走也不容易被驯化。它是一种讨厌被限制的鸟，一旦有机会，它就会不顾人类的友善和关怀，飞到自由的树林中去。

第十七章
白喉林莺

没有一种迁徙鸟类比白喉林莺更让我们熟悉,它是英国南部地区的春候鸟,这个地区的情人,它和它的巢也被哈里森·韦尔先生描绘得美丽又生动。

这种鸟有很多俗名。它们4月来到我们这里,跟杜鹃和燕子到来的时间差不多。它们和夜莺一样,雄鸟会在雌鸟之前到来。但它会一直隐蔽自己,直到树篱和灌木都长出茂密的叶子,到那时候整个国家每个小巷和树篱上都会有它的身影。

雌鸟一来,它们就配对,然后开始筑巢,你就会

鸟儿和它们的巢

看到它们带着警惕，在灌木丛中飞进飞出。雄鸟唱着轻松、快活的歌，常常狂野地倾斜着冲上天空，大约六到十米高，仿佛享受着最充实的生活，然后又飞下来，用颤音高唱着飞进树篱，那里，它的妻子已经准备好了它孵卵的居所。很久以前它的祖先就是这么做的。这里我要指出，这种鸟的最不寻常的特征之一就是在经过长距离的迁徙之后，它们分散到全国各地，每一只鸟都会被来自过去的某种依恋所吸引选择停下来或继续前行，回到它出生的地方。这就是大自然奇妙的安排，这种伟大的平衡如此美好地保存在造物的过程中。可能会有一只鸟迁徙到达多佛的时候已经非常疲倦，而它的家却在德文郡低洼的小巷旁，或是中部地区浓密的树篱中，或是威斯特摩兰灌木丛生的峡谷里，它可能选择不耽误行程直飞目的地，也可能会试着在峡谷、树篱或小巷中做短暂的停留。它将自己的生活与情感融成一体。

在这个一年中最迷人的时节，大自然演唱会中有

第十七章 白喉林莺

WHITE-THROAT AND NEST.   [Page 98.

鸟儿和它们的巢

着各种各样的演奏者,但没有谁像小白喉一样能把你的思绪带回到它们在这个地区度过的青春年华,那对春季田野和小巷的甜美回忆。

是的,在这些带着新鲜、芬芳叶子的树篱旁,在镶满报春花、剪秋萝、风信子和白紫菀的堤岸边,穿过野生玫瑰的灌丛,花朵们都展示着自己的美丽。而当你路过时,白喉林莺就会向你致敬,仿佛认出了一个旧相识。它的快乐溢于言表,然后它开始在空中上演它一系列的怪异的动作,一边还唱着它狂妄的歌;或是几乎像是在嘲笑你一般,在灌丛中重复着它低沉、严肃的音节:"chaw! chaw!"这就是它俗名的来源。这是在告诉你——对那些足够智慧,能理解鸟类语言的人说——现在它有了家庭,它毕恭毕敬地恳求你不要为此费心。

一个苏格兰的博物学家这样写道:"来自洛西安区东部的乡下小男孩们觉得白喉林莺在树篱和灌丛中翻腾是在嘲笑他们,所以一直在骚扰鸟儿们,甚至比

第十七章　白喉林莺

他们对待麻雀的方式还要过分。"

白喉林莺是一种特别兴奋的小鸟，它所有的动作都很迅速。它能够容忍人类靠近它，不停地飞到另一边的树篱上，唱着它们别致的歌，飞行一段较短的距离，然后继续歌唱，就这样持续很长时间，再原路返回。它兴奋的时候会竖起头部的羽毛，歌唱的时候会膨起喉部，那里的羽毛凸出来简直像是轮状皱领，因此也在苏格兰得到了它的外号："毛线围巾"或者"笨蛋围脖儿"。

白喉林莺身体的上半部分是红棕色，下部是略带褐色的白，外加纯白色的喉部。它的食物主要是各种昆虫和它们的幼虫，因此它们经常要在浓密的林下层，在那些它们筑巢的植物和灌木中搜寻食物。它其中一个外号"荨麻爬行者"，就是因为它们常常出没于那些植物之间。

它的巢一定是最轻最优雅的小窝之一，真的可以说是"像薄纱"一般，因为完全是用细草筑成的，还

鸟儿和它们的巢

有很多猪殃殃或八仙草易碎的茎,虽然细长但不柔软,一弯就会折出一个角。它们没有把所有的纤维都编织得特别紧密,而是保持一种纱罗的质地。巢的内部会使用质地好而且更绵软的材料,比如纤细的根纤维和各种各样的毛发。它的卵一般有四至五枚,灰绿色,上面常常带有黄褐色的斑块和颜色更深的斑点。

《英国鸟类》的一位通讯作者记录过这样一件事,一个6月的早晨,他在灌木丛漫步时发现了一个白喉林莺的巢离他只有不到七十米远。他对那个巢很有兴趣,在里面发现了一部分卵壳,恐怕是喜鹊掠夺了它吧。后来再去到里时,他高兴地发现又有一窝新的雏鸟开始孵化了。"那些卵壳,"他写道,"会很快被雌鸟移走,以避免被别人发现它的藏身之所。"他还说,雌鸟非常害羞,常常会以惊人的速度离开巢,然后越过草地和其他生境,一会儿就消失了。雏鸟也一样非常不喜欢被人观察,他拿出一只雏鸟放在手上检查,雏鸟就发出的叫声无疑是一种警报,这使得所有的小

第十七章　白喉林莺

家伙尽管羽毛还没长齐,都跳出了它们的住所躲到了草地中。有一个奇怪的现象,几乎每一种不同鸟类的雏鸟,如果因为警报而离开了巢,或是被触摸过的话,就再也不会回到巢里了,尽管他尝试着一次又一次把它们放回巢中。

第十八章
红腹灰雀

这种鸟在英国所有地方都很常见。它们非常害羞，一年中的大部分时间都出没于树林和灌丛。在春天里它们喜欢的果树嫩芽将它们引诱到花园和果园去，在那儿，它们像对待敌人一样把果树毁坏得毫不留情。有一个问题，它们是真的将嫩芽当作最美味的食物，还是说只是被那里的蛆虫或昆虫诱惑？它们其实应该是园丁和果农的朋友，而不是敌人。然而，大部分人仍然不喜欢可怜的红腹灰雀。人们声称它是胎果的吞噬者，对它们完全不能宽恕。J. G.伍德牧师对涉及鸟类的事情总是很仁慈，他认为公众的言论对它是不公平的。他说大家都认为红腹灰雀会把一棵醋栗树的每一个花苞都摘掉，但是同一年这棵树仍会结出丰盛的果实，这显然证明了它仅仅吃掉了已经受到感染的芽，这使得这棵树获得了比其他树更加健康的状态，其果实也更加成熟、完美。

红腹灰雀很少跟其他鸟类社交，但是它们一个家庭会集成小群一起活动。它们的飞行速度虽然很快，但轨迹有点波浪状起伏。在冬季，我们可以看到一大群红腹灰雀在路边和树篱上翩翩起飞，可能是它们的饥饿战胜了含羞，使它们被迫出来觅食。它平时的叫声是一种轻柔的、哀伤的哨音，而它的歌唱短促而柔和。在自然分布区，它从来没被当作是一种善于鸣叫的鸟，尽管它拥有非凡的学习人造曲调的天赋，关于这一点我有很多要说的。

红腹灰雀在5月初开始筑巢。像我们在画中看到的那样，它把巢筑在灌木中，大多时候都是山楂树，

第十八章　红腹灰雀

BULL-FINCH AND NESTLINGS.　　　　[Page 102.

鸟儿和它们的巢

离地的距离不是太高。巢不会筑得太坚固；基础部分由小干树枝组成，最后以纤维状的根和苔藓收尾，衬里也由这些材料构成。它的卵一般是五至六枚，近乎白色的淡蓝，钝端有深色的斑点。

虽然红腹灰雀的自然状态没有太多可说的，但是它确实是一种美丽的鸟类。它有着漆黑美丽的眼睛，头上戴着浓黑色的头巾，胸部和身体下部是红色，翅膀和尾巴是黑色，外加白色的尾上覆羽。当它去参加了音乐训练之后，它不仅会成为最有才华的鸣鸟，也是最受人类关心、喜爱的小生灵。这些训练后的鸟儿以管乐家红腹灰雀著称。

斯坦利主教在他的《鸟类研究》中描述了训练红腹灰雀的方法：

"在6月份，人们为了这个目的从巢中拿出那些雏鸟。这些雏鸟由一个人抚养长大，因为他的关心和照顾，他完全可以驯服这些雏鸟，使它们更好控制、更顺从。两个月到了，它们开始发出哨音，这个时候对

第十八章　红腹灰雀

它们的培训就开始了，没有一个学校的教育主管像红腹灰雀学校的这么勤奋，也没有一个学员能如此有效地受到训练。它们首先进行分班，每班各六只，在经历了比平时更长时间的饥饿之后，它们被限制在一个黑暗的房间里，要学的乐曲用一个叫作"鸟器"的乐器一遍又一遍地播放，这种声音需要尽可能地与红腹灰雀相似，有时候会用六孔竖笛来做鸟器，据说这可以训练出音色最好的鸟儿。一开始这些郁闷的小家伙可能会默默地坐着，不太明白这一切是什么意思；但是过了一会儿它们一只接一只开始模仿听到的音节，因为它们有着很强的模仿能力和记忆力。一旦它们完成了这个课程，房间里就可以开灯了，它们也会得到食物。

"渐渐地，乐器的声音——六孔竖笛或鸟器——被喂食的情况在饥饿的鸟儿们的心中紧密联系起来，这使它们一听到乐器开始演奏就开始鸣唱。这些小学徒训练到一定程度时就会被送到高级班。也就是每一

鸟儿和它们的巢

只鸟都由一个男孩专门照顾，他来负责鸟儿的教育，从早到晚只要鸟儿开始集中注意力就播放音乐。在这段时间里主管或饲养员用某种信号或是方式使这些带羽毛的小学员理解惩罚与奖赏。最后它们将课程学习得如此完美，乐曲在它们的脑海中留下了那么深的印象，这些日子就终于要结束了。我相信这是事实，希望它们可以从中找到永无止境的快乐。

"就像人类在学校和大学一样，在众多的学生中只有少数出色的才能拿到最高的荣誉或学位，或成为第一名。每一百只鸟中只有不超过五只能够在它们的艺术中做到尽善尽美！但是所有的鸟儿都能有着很高的价值。"

通过它们自己勤奋的学习掌握了使人愉悦的能力、获得了人造的天赋，我们希望可怜的红腹灰雀也能在它们的成就中获得极大的满足感。可能与人类老师的关系也唤醒了它对歌唱的喜爱和天赋。确实，所有的红腹灰雀都会将自己与家庭中的某个人类联系起

第十八章　红腹灰雀

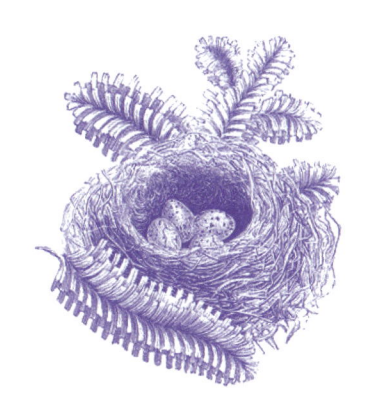

来，当这个人靠近时,红腹灰雀就会表现出最强烈的兴奋,用它管乐般的曲子向他问好,向他跳过来,用所有迷人的方式表现它的爱,讨好他来换取爱抚。

"威廉·帕森斯爵士,"主教说,"讲述了一个有趣的故事。他自己是一个音乐家,在小时候他有一只管乐家红腹灰雀,他教它唱《上帝保佑国王》。有一次他要外出,他把他的挚爱红腹灰雀托付给了他的姐姐，再三叮嘱要好好照顾它。当他回来的时候，第一个去拜访的就是他姐姐。姐姐告诉他红腹灰雀的身体每况愈下，在那时候已经病得很重了。威廉爵士非常伤心，进入饲养红腹灰雀的房间，打开笼门，把它放在手中，对它讲话。这个可怜的小家伙听出了他的声音，睁开眼睛抖动翅膀，蹒跚地站上他的手指，唱了一曲《上帝保佑国王》，就掉下去死了。"

我们看到，管乐家红腹灰雀与人类的教育密切相关，它们有着充沛的情感与奉献精神。如果我们作为朋友或行善者和动物生活在一起，我们不久就会为它们的智慧与爱感到惊讶。

第十九章
槲 鸫

它是英国的鸣鸟中体型最大的,一整年都和我们在一起,并不迁徙。但它们会集成大群飞到赫里福郡和蒙茅斯郡去采食槲寄生的果子,那里有很多的果园,它们非常喜欢吃那些黏性的浆果,这也是它们名字的来源。槲鸫在粗糙的树干上摩擦它的喙,把浆果中的黏性物质清除干净,也因此把种子蹭到树皮的间隙中,大家都觉得这种奇怪的寄生植物正是这样被传播到树枝上的。

槲鸫是一种漂亮的鸟,它的头部、背部和翅膀上

鸟儿和它们的巢

MISSEL-THRUSHES AND NEST.   [Page 106.

第十九章 槲鸫

方覆羽是橄榄褐色，翅膀尖端是棕白色，上面带有棕色的斑点；胸部和身体下部是淡黄色，上面有黑色斑点；腿黄色而爪是黑色。

它是一种受欢迎的鸟，是春天到来最早的征兆，一年中最早的歌唱家。它远比燕子更早，也比耐寒的欧亚鸲更早开始歌唱，可能在圣诞节或是新年就可以听到它清晰明亮的嗓音——常常合着狂野的风和寒冬的暴风雪，因此它也得到了一个大家熟悉的名字"暴风鸟"。它在不同的地区以不同的名字被大家熟知。它原始的称呼是槲鸫，这比较普遍而且我已经提过了；中部地区人们叫它"三倍鸟"，但我不知道为什么；在威尔士它被叫作"pen-y-llwyn"，意思是"灌丛的负责人或主管"，这个名字的来源我一会儿会提到。

槲鸫的巢非常大而且筑得很好，巢材几乎用到了所有常规的筑巢材料——苔藓、干草、稻草、干叶子、小树枝和羊毛，偶尔还会有各种各样的零星杂

鸟儿和它们的巢

物。所有这些都会被紧密地编织在一起，没有一捆稻草是松散的，也没有一团羊毛游离在外面。巢的内部是一层光滑的泥浆，就像画眉鸟的巢一样，外面还有一层干草。在我们的画作中，一切都已经完成了。一年中的忙碌劳作现在已经结束；雌鸟产下四至五枚卵，卵呈蓝绿色，上面带有红色的斑点。它耐心地坐在卵上，而它的配偶在上方的树枝上歌唱，仿佛在说它绝对不会离开。

　　这种鸟的歌声十分洪亮、清晰又动听——愉快又给人以希望的歌。当我们在冬日的暴风雪中听到这样的歌声，就仿佛能料到更好的日子就要来了，这歌声实在值得人们的钦佩。在某些程度上，它的歌声与乌鸫等其他鸫类相似，因此常常会跟它们混淆在一起。但是它的歌声没有短促、快速而多变的音节，也没有严肃、持久而富于表现力的乐曲；与此相反，它的歌声中带有热切、焦急的特点，好像它正充分表现它的激情。

第十九章 檞鸫

檞鸫是一种个性鲜明的鸟类，它不仅果敢而且乐于助人。当有鸟类天敌靠近时，我们马上就会听到它刺耳的带着愤怒和抵抗的音节。如果杜鹃或鹰在任何较近的地方策划阴谋，檞鸫都会表现出强烈的不悦。一个夏天，就在我家附近的花园周围爬满常春藤的树干上，一只松鸦从树林里的麻雀巢中抓住了一只雏鸟，麻雀成鸟大声的呐喊立刻唤起了檞鸫的同情，它们大叫着责骂松鸦，冲过来救援，这些好斗的鸟大声地叫着，抗议松鸦对麻雀做的坏事。它们对于争取自己权利同样充满活力，积极地保卫自己的巢和雏鸟。一些博物学家认为这种好斗的脾气和非凡的勇气，是筑开放性巢的鸟类应对一般攻击的自然选择的结果，因为它们的巢都比较大，而且都是在年初筑造的，那时树叶还没长起来，巢能被所有的天敌和掠食者发现。

汤普森先生说："我常常看到一对檞鸫追赶喜鹊，偶尔甚至会跟四只喜鹊打斗。我见过一对檞鸫攻击一

鸟儿和它们的巢

只靠近的红隼,那时候槲鸫的雏鸟刚刚孵化出来。其中一只槲鸫攻击了红隼几次,进行了多次无果的尝试,红隼却突然之间飞升天际,逃离了巧妙的打击。然后它们将红隼追出了很远,直到它们都消失在我们的视线里。"

旧时威尔士人给它起了个名字叫作"矮树丛的首领",也是来自它好战的精神。"槲鸫,"吉尔伯特·怀特说道,"不能忍受喜鹊、松鸦和乌鸦进入它们常常出没的花园,它们是新播种庄稼的优秀监护人。有一次,我看见我的花园里有几只喜鹊打算攻击槲鸫的巢。槲鸫成鸟努力地保卫它们的宅邸,坚决地反抗。但数量较多的喜鹊还是胜利了,可怜的槲鸫非常痛苦,眼看着它们的巢被撕成碎片,孩子们死于非命。"

随着时间的推移,槲鸫发现还有比喜鹊和鹰更可怕的天敌——园丁。夏天快结束的时候,雏鸟已经出飞,它们和父母一起集成大群,无事可做却很享受

第十九章　槲　鸫

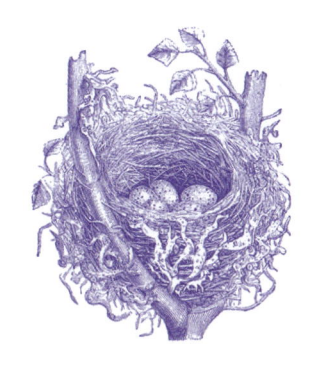

生活，就像人类家庭中孩子们都回家度假，他们也会为了娱乐一起做短途旅行。它们不去海边等有水的地方，而是去花园，那里的樱桃和覆盆子熟得正好。可怜的鸟儿！它们一点也没意识到危险的存在，或者尽管意识到了危险却无法抵挡巨大的诱惑。它们在水果之中遇难，很多不幸的鸟儿被射杀或落入圈套，然后被挂在樱桃的树干或覆盆子的藤条上以警醒它们的伙伴。很遗憾我们没法让所有人都像我们一样喜欢它们。

鸟儿和它们的巢

　　花楸树、野草莓和接下来冬青树的常春藤的浆果，给它们提供了食物。同样，在春夏季节还有各种各样的虫子——毛毛虫和蜘蛛——因此它们其实是园丁的好朋友。我觉得，我们也应该给它们一个水果作为回报。

第二十章
黄 鹂

尽管异常美丽，但这种鸟因为太过平常而没有受到大家的关注。它的颜色多样而美丽：背和翅膀是明亮的红色；每根羽毛的中间部分是棕黑色；头部和喉部是明亮的黄色；身体上部的羽毛尖端黑色；胸部是棕红色。雌鸟的颜色暗淡得多。

黄鹂与朱顶雀、麻雀等雀类的特征和栖息地相似，也常常和它们待在一起。天气好的时候它们一起在田野嬉戏，栖落在树篱、灌丛和树上。冬季，天气变得严酷时，它们和其他鸟一起聚集在房子、农场建

鸟儿和它们的巢

筑和堆积场附近。

　　这些鸟秋天时都会聚在外面活动，它们盘旋着飞行，当你靠近的时候突然飞起，旋转着飞到只剩残茬的田野中，或是飞进更远的树篱，那里有丰富的野果——黑莓、野蔷薇果还有大量的黑女贞浆果——然后随着你的靠近它们唱着多变、悦耳的音节又飞走了，穿过澄澈的天空去到更远的庄稼残茬或豆田中去。在我看来，这是秋天最有乐趣的事情。

　　黄鹂的飞行带着波浪，非常优雅，下落时却很突然。它抖动尾巴的方式非常有趣，像一个小电风扇一般。一大群黄鹂会突然从一个相当高的高度下落到一棵树的树枝上，如树叶一样将树覆盖起来。不管这一群有多少只黄鹂，它们从来不会没有耐心互相推撞，也不会为了更好的栖落位置而争抢，每一只鸟都像事先约定好了一般安顿下来。就像我之前说过的那样，这个季节再没有比这些集群的小鸟更加迷人的事物了。生活中所有的烦恼都已结束，雏鸟围绕着它们，

第二十章 黄鹂

现在除了在大自然中自由自在地享受生活，它们什么也不用做——在四面八方、每一棵灌丛和树木和每一片远离城市的田野中——尽管庄稼已经收割，只剩下黑色的豆类秸秆堆竖立在孤独的田野中，沐浴在金色的秋季阳光下。但是这里、那里以及所有的地方，一张完整的餐桌已经准备好，欢迎它来此享受生命。

在春夏季节，黄鹂的鸣唱像一首特别而伤心的小诗，由一些短促、洪亮的音节构成，后面还有一个长音。中部地区，有很多以编织袜子为生的人觉得黄鹂的叫声像是机器工作的"ch-ch-ch-ch-ch-e-e-chay"的声音——延长的第二个音节就像织袜工常说的话，伴随着机器的轰鸣。在其他地区这种鸟的叫声被解读成"一小口面包——没有奶酪！"或者是："我是一只小鸟——不是盗贼！"

黄鹂的食物包含了所有种类的草籽，繁缕、蓼还有其他种子。当然，在夏天雏鸟需要食物的时候，它们也吃昆虫和它们的幼虫。

鸟儿和它们的巢

YELLOW-HAMMER AND NEST. [Page 112.

第二十章 黄 鹂

冬季集群在4月份结束，然后黄鹂就开始考虑它们家庭的快乐与烦恼。但是，不像它们的近亲麻雀之类，雄鸟做所有事情都安安静静的，不会为了展示它们的英勇精神而发生争论，就像旧时的骑士在参加比武大赛的时候，在崇拜他们的妇女面前做的那样。黄鹂静悄悄地做所有事情，有规则地选择配偶。现在芽都在树上膨胀着，报春花点缀着树篱坡，水边的柳树上挂着金色的柔荑花序。一只黄鹂来到这里，在灌木下、田野浓密的草丛中的堤岸上寻找甜蜜、隐蔽的地点开始筑巢——一个月后就是我们画中的状态，芽已经展开变成叶子，周围就是狂野生长的美丽草丛与树篱。多么独特！威廉·亨特从没画过比这更美丽的画了。巢有点大，结构简单，外面编织着粗糙的苇子和绵软的小树枝，上面还镶嵌着头发和羊毛。雌鸟会在里面产下四至五枚略带紫色的卵，上面带有深色不规则的音符一样的条纹。

这些可怜的小鸟非常依恋它们的家和它们的雏

鸟儿和它们的巢

鸟,以至于如果冷酷无情地把它们的巢和雏鸟拿走,它们会在那里连续多天发出最忧郁的哀叹,尽管仍然是那个古老的曲调,跟它们春日里喜悦的歌一样,但现在表达出的是最深的悲伤。

《英国鸟类》的作者总结了黄鹂多种多样独特的行为:"当它们落在树上的时候,尤其在刮风的天气,它们紧贴着蹲在树枝上,紧缩着脖子,保持尾巴下垂。配对之后,雄鸟一般会站在灌木或树上,突然扬

第二十章 黄 鹀

起尾巴,然后轻轻地展开。它有两种叫声,伴随一个刺耳的音节——'cit,chit,chirr'——之间有相当大的间隔。当它们在仅剩残茬的田野上觅食的时候,它们小跳着前进,胸部几乎贴到地面。当它们担心危险的时候它们会蹲着不动,通过平时的短促音节报警,互相提供信息。"

第二十一章
喜　鹊

　　这里有一幅生动的喜鹊画像，可以说它就像坐在自家的门槛上，在伤感的气氛中注视着我们，可能还带着温柔的赞赏。我们必须承认它的住所，结构精良——半木质结构，建上围墙和屋顶还有前门，就全部完成了。

　　喜鹊是我们这里最美丽、最有趣也最有个性的鸟类之一。它是寒鸦的表亲，而且跟寒鸦一样有些自己奇怪的行为。它在所有地方都是这个样子的。一位两千年前的古希腊诗人就说过喜鹊非常善于模仿，而

鸟儿和它们的巢

且喜欢用它自己带有讽刺的幽默侃侃而谈。诗人似乎认为喜鹊是一群来自马其顿的少女,它们因其流利的言语而著称。喜鹊不仅美丽又健谈,而且非常有趣、调皮。

正是如此,我们并不意外喜鹊的巢非常独特。它的巢在高耸的树上,筑于安全的树杈,正如我们所见,距离地面四五米。它偏爱那些很高的裸露树干,因为它知道这个高度更加安全。在这个问题上它非常英明,因为它的体型壮实,在很远的距离就可以被发现。然而你几乎能在所有地方见到喜鹊,在英国的一些地方,比如苏格兰北部,没有树木,可怜的喜鹊只好把巢筑在灌木中,尽其所能做到最好。挪威也存在这样的情况,为了给它的巢设置一些障碍,它自己搬来多刺的树枝,直到它的住处几乎没有可能被入侵,猫不能去到那儿,人只有戴着连指手套、拿着枝剪才能触及。

像秃鼻乌鸦那样,喜鹊喜欢在同一个巢中栖息多

第二十一章 喜鹊

MAGPIE AND NEST [Page 116.

年，甚至很可能会在那里度过一生。在每年抚养后代之前，它们会对巢进行修缮——就像富裕国家的家庭在春天继承祖先的府邸那样。

现在让我们看看这幅图画，我们发现喜鹊所在的环境很棒，身边的一切都进行得井井有条。我很高兴能给你讲一讲喜鹊的日常生活，就像《英国鸟类》的作者概述的那样。我们的故事比图画中描述的场景早一些开场。

"在那古老的白蜡树上，你可以看到一对喜鹊，一只落在树顶，另一只在下面的树枝上跳着，它们持续不断地唠叨着。雌鸟是多么优雅，站在顶端的树枝上，在风中摇曳！然后它飞向对面的冷杉，依然絮絮叨叨着，仿佛叫它的配偶跟上它。但是雄鸟还是更喜欢待在后面，我们可以看出它正在沉思，或是在发呆什么的。然后它又开始侦察下面的一些东西，从小树枝向下跳到树杈上，最后落到地上。它所在的那棵白蜡树，你一定懂我的意思，在农场庭院的边上，有一

第二十一章 喜 鹊

部分被遮蔽着。现在它站在地上,这个地区的地面不会特别干净,因此它抬着尾巴避免弄脏或者弄湿羽毛,就像农妇举起她的礼拜长袍那样。然后它尽可能高地抬起自己的身体,发现了一只正从洞中爬出了一半的蚯蚓,它猛然一动把蚯蚓拽了出来,弄成几段吞了下去。这会儿它又在树篱下面发现了一只蜗牛,马上就把蜗牛从壳里揪了出来,就像老妇人剥出一个滨螺。这时灌丛中的什么东西吓了它一跳,它轻轻跳起来,聒噪了一会儿又回到了它最喜欢的树上。原来是一只猫,那只猫也被它吓得不轻,但猫并没有理会它,向谷仓跑去了。喜鹊又落下来,慢慢地走到庭院的草地边,从一边看向另一边,停下、倾听、连续不断跳着快速前进,然后遇见了一整窝跟随在鸡妈妈脚边的小鸡。如果母鸡不在的话它一定会捉住其中一只小鸡当作一顿美餐,但是它现在不敢惹事。母鸡的眼中透着愤怒,羽毛竖起,大声叫着冲向喜鹊,还撞倒了自己的两只小鸡。敌人旋转着躲避了攻击,飞向了它的配偶。

"我们又在牧草地里发现了它们的身影,它们抬着尾巴踱来踱去,寻找可吃的东西。树篱边,远远地站着两个男孩,他们拿着枪,蹑手蹑脚地瞄准另一边的一群鸽。但是喜鹊看见了他们,因为没有什么东西能逃过它们敏锐的眼睛。它们马上起飞,直接飞越田野,激烈地大叫,那群鸽因此飞走,失望的年轻打猎爱好者就转向了其他方向。"

在受到打扰或者是察觉到危险正在靠近的时候,喜鹊总是会大声吵闹。沃特顿说它们因此在夜色降临之时会异常激动,实在是难得的守望者。"进入树林的人,"他说道,"一定会引起喜鹊的注意,直到他们离开树林为止。无论日夜,听到它们的叫声我就知道那些家伙正在生气。三年前的一天,在上午11点钟,我去抓捕一名铤而走险的职业偷猎者时,正是喜鹊的聒噪声为我指明了那家伙的藏身之处。"

可怜的喜鹊有很多天敌,因此它们总是在张望,

第二十一章 喜 鹊

容易被惊动。

它们走路的样子与秃鼻乌鸦很像，一点体面都不讲，还不时地斜着跳跃。当它自己报警或宣告其他鸟类有危险时，会发出一种轻笑声。如果狐狸、猫或其他不友好的动物靠近时，喜鹊会在它们上方盘旋，不停地向所有邻居发出大叫，直到敌人淡出视野。

像寒鸦一样，喜鹊也喜欢整年都保持配对；而且，它们一季又一季地一直栖息在同一个巢中，它们感到十分自然，仿佛理应如此。有一个奇怪的现象，如果喜鹊雌鸟孵卵时期意外死去，它的配偶会立刻出发带一个新的妻子回家，它会继续照顾巢中的卵，仿佛那是它自己产下的一般；如果它又因为另外的不幸过早离世的话，这个鳏夫会再次飞走，不需要多少时间就带回第三任妻子，它仍旧会非常自然地履行它的义务，与之前的雌鸟一样关爱家庭。但是这些额外的鸟妈妈是从哪儿来的？没有一个博物学家能够解答，而这些聒噪的喜鹊也还没有聪明到可以向我们解释

鸟儿和它们的巢

这些。

　　喜鹊美丽的羽毛我们非常熟悉，虽然只有简单的黑和白，但是精致地闪着绿色、蓝色和紫色的光泽，这么多种混合的色彩产生了迷人的效果，简直难以言喻。

　　喜鹊巢的外观我们非常熟悉。巢的里面底部整洁地抹着泥浆，"而且有家具，"比威克说，"有一个类似床垫的东西，由羊毛和纤维状的根组成，雌鸟会在上面产下三至六枚卵。"卵不论大小还是颜色总是多种多样，有时是淡绿色，上面有琥珀棕色或浅紫色的斑点；有时候是淡蓝色，上面有更深颜色的小斑点。

　　喜鹊的巢可以说是一个半球形的小室，大小适合孵卵；但是问题来了，雌鸟坐巢的时候它的长尾巴放在哪儿呢？如果它想完全坐进去就必须在巢壁上戳一个洞；因此它必须将尾巴抬起，就像在湿草地上散步时那样。不能将尾巴平放在巢上坐下，这对它来说着实不便。

第二十二章
普通䴓

对大多数人来说这种鸟十分陌生。它的样子和行为都与啄木鸟和小戴菊很像，在树杈和树洞中搜寻食物。然而和这些鸟相比，䴓有一种优势，它被赋予了在树干上向下移动的能力；它还能头朝下睡觉，快速向上跑的时候也不需要用尾巴抵着树干辅助，真是一个有才华的杂技演员啊。

普通䴓不是一种罕见的鸟，但是它的性格有些羞涩所以并不常见。其实它十分活泼好动，羽毛颜色也令人非常愉快：身体上部分是蓝灰色，一条黑色从嘴

鸟儿和它们的巢

角延伸到颈后,胸部和身体下部是明亮的略发红的黄色,身体两侧是红棕色。

它在树林间非常自在,从不需要去寻找什么,因为它们很容易就能在林间找到食物,有藏在树皮下的昆虫及其幼虫,还有水果和坚果,比如冷杉球果的果仁、山毛榉或其他坚果。我马上就会为大家讲述,它可以用一种非常巧妙的方式打开果壳。

它不时飞落在地上,小跳着前进。它不会唱歌,但是在冬天它们会集小群生活,可能整个夏天家庭都集结在一起,这时它会发出一种管乐似的音节,那是它们彼此呼唤的叫声。据说普通䴓对冷很敏感,常常在树木避风的一侧觅食。到了春天,万物更新,生命快速蓬勃生长,就像丁尼生写的那样:

春天将欧亚䴓的胸脯染上饱满的深红,

春天给无忧无虑的凤头麦鸡戴上新的羽冠,

春天擦亮了鸽子的眼眸使它生动迷人——

第二十二章 普通鸸

NUTHATCH AND NEST. [Page 129

鸟儿和它们的巢

连沉默的普通鸭也在这时穿越清净的树林发送了它的两个音节，一个短小的呢喃，一个低沉、圆滑像长笛一般的哨音，声音如此澄澈，在相当远的地方都能听到。

《英国鸟类》的作者详尽地写道："它是一种在每时每刻都在忙碌的、愉快的鸟儿，尤其是在筑巢时期。它们最喜爱的食物就是各种坚果。它们在中空的树中栖息、筑巢，很少能在开阔的田野中见到它们，除非它们正在寻找山楂或黑刺李的果核。因此它被贴切地称为'护林员'。它能灵巧地打开坚果和果核，这十分有趣。它把坚果固定在一个树桩或树皮的裂缝中，自己站在上面，头向下，用楔状的喙快速、有力地敲击果壳的边缘，把它分离开来。如果食物非常丰富，它们会有一个最喜欢的裂缝用于打开果壳，因此我们可能会看到在某个裂缝下面有一堆破裂的果壳。"

W. T. 布里牧师告诉我们："普通鸭敲击硬壳的声音在很远距离外都能听见，而在操作过程中，有时候

第二十二章 普通䴓

坚果从固定的地方滑出来,往地上落下。但是坚果还没落到地面时,普通䴓就会带着令人钦佩的机敏,在空中接住坚果,把它们重新安放在之前的位置开始重新敲打。坚果在空中下落,鸟儿在飞翔中接住,几分钟内我在同一个地方看见了好几次。"

这就是普通䴓魅力四射的小技巧。就像之前一样,这里我要再次强调,这不是个别案例。很多生活在城市里的人都发现,只要我们愿意耐心、安静地躲在附近林地的角落,就会发现自己身边有很多有趣的动物。

这种鸟的巢同样值得我们的关注,让我把你的注意力引到哈里森·韦尔的画上来,上面精美、生动地画着普通䴓在家的场景,没有什么比他笔下的画作更加真实了。普通䴓的家从古树上的一个树洞开始修建,那个洞很可能是啄木鸟的弃巢。啄木鸟可能需要更大的巢口来照顾后代,或者觉得这个洞不太合适,而普通䴓仅仅需要一个能够爬进去的小而整洁的洞就

鸟儿和它们的巢

够了。因此它会用黏土或泥巴封住洞口的一部分，仅留一个能使它自己进出的孔洞。可能是怕老房主回来再次占领这个巢，所以它在前面修建了一个小的防御工事，不过这是我的猜测。但毫无疑问的是它在这样相当凌乱的巢中也能像在家里一样舒服，巢的里面主要由枯死的橡树叶组成，在那里它产下六至七枚白色的卵，卵上面带有红色的斑点。

万一泥墙被除掉，可怜的鸟儿不会在重建泥墙上浪费一点时间。尽管显然它对天敌——啄木鸟、蛇、人类或其他什么会打扰到它的东西——有着很大恐惧，但它非常忠诚地履行着它的义务，很少有什么能诱使它离开卵或雏鸟。它在保卫家庭和孩子上精力旺盛，用喙和翅膀打跑天敌，并发出愤怒的嘶嘶声。并且，尽管它的天性如此胆小、羞涩，但它宁可忍受被抓走的风险也不愿违背它的职责。

让我用贝希施泰因写的普通鸭的趣闻来总结一下："冬日里，一位妇女往窗户下面的露天平台上撒

第二十二章　普通鸭

了种子,饲喂附近的鸟类来消遣。她在窗台和一个板子上给她最最喜欢的蓝山雀放了一些大麻种子和开口的坚果。后来的某一天,两只普通鸭来分享这些食物,它们非常喜欢这里,因此后来成了常客。甚至第二年的春天它们也不想走了,在这里寻找天然食物,并在树林里筑了巢。它们安顿在房子附近的一棵老树的树洞里。

"两只雏鸟刚要出巢,成鸟就将它们移到了这个好客的窗台,那里有充裕的食物,然后成鸟就彻底离开了。女施主在板子上放了食物的时候,看着两个新访客爬上墙或者窗帘,觉得十分有趣。这些美丽的小生灵,还有山雀们非常信任她,当她赶走那些来偷食的麻雀的时候,它们也不会飞走,因为它们似乎知道她这么做仅仅是为了保护它们。整个夏天它们都留在房子附近,直到灾难性的那一天。那是在秋天,打猎的季节开始了,它们听到了枪声,然后就消失了,而且再也没有回来。"

图书在版编目（CIP）数据

鸟儿和它们的巢 /（英）玛丽·霍伊特著；刘佳瑀译. —北京：商务印书馆，2020
ISBN 978-7-100-18303-1

Ⅰ.①鸟… Ⅱ.①玛…②刘… Ⅲ.①散文集—英国—现代 Ⅳ.①I561.65

中国版本图书馆CIP数据核字（2020）第059346号

权利保留，侵权必究。

鸟 儿 和 它 们 的 巢

〔英〕玛丽·霍伊特 著
刘佳瑀 译

商 务 印 书 馆 出 版
（北京王府井大街36号 邮政编码100710）
商 务 印 书 馆 发 行
山 东 临 沂 新 华 印 刷 物 流
集 团 有 限 责 任 公 司 印 刷
ISBN 978-7-100-18303-1

2022年4月第1版	开本 787×1092 1/32
2022年4月第1次印刷	印张 6¾

定价：45.00元